동행

동행

2024년 7월 31일 제 1판 인쇄 발행

지 은 이 ┃ 이옥자
펴 낸 이 ┃ 박종래
펴 낸 곳 ┃ 도서출판 명성서림

등록번호 ┃ 301-2014-013
주   소 ┃ 04625 서울시 중구 필동로 6(2층·3층)
대표전화 ┃ 02)2277-2800
팩   스 ┃ 02)2277-8945
이 메 일 ┃ ms8944@chol.com

값 12,000원
ISBN 979-11-94200-11-6

동해

이옥자 수필과 시

도서출판 명성서림

작가의 말

　산다는 것

　이제야 멈춰 들을 수 있는 여유가 생겼다.

　덩달아 이웃들의 다정하고 친밀한 유대감을 가슴으로 듣는다. 너무 감사한 일이다.

　직업재활시설에서 손가락 열 개를 다 꼽고

　내년 퇴직한다. 정년을 넘기고 계약직으로 2년을 더 근무했으니 얼마나 감사한 일인가 싶다. '나무는 빛이 디자인하고 바람이 다듬는다.' 나는 무엇을 지탱하여 육십 중간에 섰을까? 그건 알아차림이다. 소소한 일상을 귀하게 대접하며 인간과 자연에게 누추하지 않게 늙어갈 것이다.

　칠십 줄, 천혜향 하우스 일에 진심인 남편, 제주에 세무 일은 부부가 다 보는 것처럼 바쁜 큰아들 부부, 삼삼 숫자가 불편하며 조리사 직업이 필연인 막둥이, 90이 다 된 친정어머니, 뇌경색 환자인 오십 중반의 남동생, 특별한 요리하면 부르는 언니, 그림 그리는 여동생, 특수학교 교사인 여동생, 공직을 한 점 흐트러짐 없이 수행하는 은상 엄마는 우리 가족이다. 내가 힘들 때, 기쁠 때, 아플 때 언제든지 동행을 한다. 가족은 살아갈 희망이다.

칠월 숲은 하늘을 가득 채운 잎사귀들이 몸 부비는 소리로 분주하다. 마음이 열린다. 책을 낸다고 했을 때, 내 동생 숙희가 박수를 보내왔다. 물심양면 도와준다며 그림도, 돈도 왔다. 너무나 부족한 수필에 시詩지만 용기 내어 졸작을 냅니다. 사랑으로 살펴봐 주십시오.

감사합니다.

이옥자 올림

1. 인간

2. 자연

3. 삶

4. 제주어 시

1

인 간

꿈꾸는 영철씨

'지불생무명지초'란 '땅은 이름 없는 풀을 내지 않는다.'

65세의 2급 지적 장애 영철 씨를 보면 자꾸만 이 구절이 엮어진다.

그때는 그랬다. 달리 식솔들 거느릴 대책은 없어도 설마 산 입에 거미줄 칠까? 라는 보편타당적인 말이 아닌 것은 아니다 싶은 의구심이 드는 것은 왜일까? 줄줄이 소시지도 아니고 엮어진 형제꾸러미 궁핍은 결국 이산가족을 만들고 말았다. 털이 보송보송한, 놀기 좋아하는 어린아이는 우도의 막일꾼으로 넘겨졌다. 말이 수양아들이지 부리기 좋은 일꾼인 셈이다. 지적 장애를 가진 그에게 따뜻한 밥을 먹을 수 있는 일에 잠자리가 생긴 것만으로도 망가지는 몸쯤은 감수할 아무것도 아닌 일이라 여겼다. 그렇게 몇십 년 우도에서 소가 되었다. 아이가 청년 되고, 장년 되며 얼굴 주름 잡히고 새치가 늘며 머리가 한 움큼씩 빠졌다. 급기야 몸을 가눌 수 없는 처지에 이르렀다. 좋은 연줄 놓아져 정혜재활원 시설로 옮겨졌다. 점차 생활이 안정되고 덩달아 몸도 회복되어 갔다.

몇 년 후, 직업재활시설 '에코소랑'의 근로자가 되었다. 친환경 농장 운영하는 일에 투입되었다. 잡초를 뽑고 돌 정리하며 힘으로 하는 일은 일방통행적인 기질과 칭찬에 고픈 그를 신나게 만들었다. 장갑도

번거롭다고 안 착용하려 하고 손이라도 약간 베이면 쓰윽 문지르거나 풀 뜯어 비비면 끝이었다. 한번은 귤나무 간벌하는 데 표시해 주며 톱으로 자르라고 했더니 반만 자르고 다 분질렀다. 지도하는 일만 해 주기를 약간 퉁명스럽게 말했더니 풀이 죽는다. 미안하여 "영철씨" 부드럽게 부르니 어느새 아침이슬 머금은 나팔꽃이 된다. 끼니도 제대로 차려 먹어 본 적이 없는 게 습관이 되었는지 여럿 늘어놓은 반찬 거들떠보지도 않고 좋아하는 반찬 한 가지면 십 분도 안 되어 뚝딱 해치운다. 몇 번 일손으로 모신 적 있는데 막걸리 대접하며 함께 잔을 '브라보' 했더니 내가 막걸리 애주가로 느꼈는지 사무실 감귤 따는 날, 막걸리 한 병 품고 나타났다. 우찬 씨 알면 어떻게든 훔쳐 먹는다며 빨리 먹고 일하라고 채근하는데 웃음이 났다. 내가 출근할 시간쯤, 마당에 서성이다가 주차하면 살펴 주고 말을 건다. 그는 매월 쌓이는 월급이 제법 두둑해진 모양이다. 말이 많아지고 할 일도 다양해졌다. 꿈이 다가선 것 아닌가 싶다. 숫자 몰라도, 몇 시인지 크게 필요하지 않아도 시계를 차고 시간을 봐주며 의기양양한다. 컴퓨터와 텔레비전도 갖추었다. 당당하게 벌어서 장만한 그의 꿈 조각들이다. '허맹의 문서'라도 문서는 문서 아닌가? 통장의 몇 할은 우도 인연들에게 무엇인가를 해주고 싶어 고민하고 상담해 온다. 어머니에게 통장 보여드리고 용돈에 선물 가지가지 챙겨 갈 계획이 다른 사람에게는 하찮은 일이지만 그에게는 꿈이다. 자랑하며 보여주고 싶은 것이다.

모든 사람의 생활에서 열등함을, 모든 결점을 걸머진 짐 덩어리로 간주해서는 안 된다. 그것이 장점인지 단점인지 여부는 모든 상황에 의해서만 결정된다. 즉 결론적으로 선택하는 것은 지식이 아니다. 선택하는 것은 가치이다. 그리고 그 가치에 충실하려는 의지가 중요하다. 영철 씨는 장애를 극복하기 위해서 더 강하게 단련되고 성장해야 된다는 것을 모른다. 그냥 함께 살아서 내가 가진 것을 나누고 싶어 한다. 따뜻한 옷과 맛있는 것들 사고 자랑스럽게 어머니 앞에 서고 싶은 것이다. 죽을 듯이 고생만 하다가 병 얻어 버려지듯 나온 우도가 그 가슴과 머리에 어머니 자궁 속 같은 평안을 주고 있다. 돈 많이 벌어 소섬으로 가 여생을 마칠 수 있으면 얼마나 좋을까 바람을 키워 본다. 누구에게나 때는 기다리는 것이 아니라 만들어지는 것이다.

굴왓집 딸들

두세 살 터울의 네 자매는 성격도 모습도 달랐다.

어릴 적, 언니는 너무 건강하여 식탐쟁이라 동생들 밥그릇까지 넘봤다. 이웃 제사에 자정 넘은 흰쌀밥은 깨어 있지 않으면 꼭두 아침에도 한 알 남김없이 비어있었고 대부분 호시탐탐 엿보던 언니의 소행이었다. 초등학교 4, 5, 6학년 건강체능상을 휩쓸었다. 동생들은 대리만족을 저절로 터득할 수밖에 없었다. 환갑을 훌쩍 넘은 언니는 여전히 먹는 분야에는 탁월하다. 마당에 무쇠솥 걸어 청국장과 된장, 간장을 만들어 팔다가 손두부 집 해야겠다고 시식을 몇 번 강요하더니 아예 모슬포에 식당 차렸다. 텃밭에 채소와 틈나면 양배추, 브로콜리 이삭줍기로 건강한 나물에 매료되어 손님이 부쩍 많아졌고 우리는 역시 먹는 것과는 천생연분이구나 감탄 중이다.

둘째, 나는 공부보다는 밭일이 더 신났다. 핑계 만들며 밭일 피하는 자매들이 밉고 이해 안 되었다. 부모님 도와 빨리 일해야 적기에 수확 가능한데 눈에 보이는 거짓말로 다 된 일에 재 뿌렸다. 농과 전공하고 환갑에도 농사짓는다. 거친 손을 보고 동생들은 맨날 흙에 묻혀 살며 늙어가는 모습을 속상해한다. 정작 본인은 부자는 아니어도 행복하다.

셋째, '뽄쟁이'로 통했다. 구두와 가방 안 사 주면 학교 안 간다고 집안을 전쟁통으로 만들었다. 남들은 운동화도 없이 고무신에 보자기가 책가방이던 시절이었다. TV 생기자 탤런트 된다며 서울 보내 달라던 떼쟁이가 지금 동양화를 그리며 산다. 늘 내게 여우 같은 여인이 될 것을 당부하는데, 천생이 여우가 아닌 것을 그냥 지금처럼 사는 것이 좋다고 응답한다. 내가 분명 언니인데 그가 언니처럼 '조근조근' 삶의 지혜를 가르쳐 준다.

넷째, 언니들은 예쁜데 '왜? 나만 입도 크고 안 예쁜데'라고 투정을 곧잘 부렸다. 차분하고 사려 분명하며 배려심에 애교 많다. 힘든 고비도 지혜롭게 잘 넘겼다. 사십에 교육대학 편입, 교사로 재직하며 특수학과 전공으로 대학원 나와 지금은 특수반 아동들을 가르치며 신나게살고 있다. 어머니에게도 자주 들러 밥 먹고 청소까지 도맡아 하는 예쁜 막내딸이다.

어제, 어버이날과 어린이날 행사로 여섯 남매 중 바쁜 언니와 남동생 빼고 네 형제가 모였다. 막내딸은 정원 있는 집에 자리돔, 장어, 오리고기 준비해 놓고 둘째는 꿩 3마리에 채소, 셋째는 수제 강정, 막내아들은 갈비와 소스를 마련해 장전안길 2번지에 모였다. 아! 어머니는 종일 기다리기가 지루하셔서 차롱 가득 '빙떡'을 준비하셨다. 마당에 숯불 피워 잔치 벌였다. 가파도 굵은 자리에 왕소금 간하여 구우니 고소하기가 일품이었다. 꿩 샤브샤브 마무리는 메밀가루 반죽해 손으로 뚝뚝 잘라 '메밀수제비'로 입을 정돈했다. 우리는 구구절절 설명하지 않아도 함께 웃을 수 있으며 사연이 많아도 나눈다. 형제자매도 살아가면서 수많은 감정과 감정의 대립으로 서로에게 상처 줄 수 있다. 하지만 우리는 오래 담아 두지 않으려 한다. 먼저 사과하고 이해하고 용

서할 줄 아는 자세로 살 것이다. 자세가 생활이고 삶이기 때문이다.

세 자매는 가끔 번개팅한다. 치과 의사인 셋째 제부가 자상하고 너그러워 속상한 말 전부 쏟아 내어도 잘 다독여 주고 위로해 준다. 제부가 차 운전은 물론 좋은 곳으로 안내하고 최고로 맛있는 것을 사 주고 일거수일투족을 영상으로 담아 주기까지 한다.

자기만 생각하다가 사리 분별할 줄 아는 어른이 되고 부모 고생한 것과 소중함을 느끼며 주위를 생각할 줄 아는 철이 든 '굴왓집 딸'들 살아가는 모습을 저세상에 계신 아버지께 보여 드리고 싶다. 요새 아버지 찾아가 미주알고주알 쫑알대고 싶다.

동행

숙희의 버킷 리스트 중 '봉정암' 완주를 들었다. 나의 앞가림은 대충 해도 동생의 일이라 느슨해진 코로나 틈타 계획을 세웠다. 유월 초, 세 자매는 배낭을 꾸렸다. 한 달 전부터 걷기 연습에 들어갔다. 서로 짐이 안 되겠다고 독려하며 우선순위에 두었다. 부처님에게 올릴 공양물이 무슨 의미인지도 모르는 막내 여동생은 언니가 시키는 대로 참깨를 볶고 삼다수 병에 두 개 담아 오세암과 봉정암을 구분해 놓았다. 버섯 과 고사리도 나눠 담았다.

산사에서 김치 몇 점과 미역국에 밥이 전부라 멸치와 고추장을 챙겼 다. 커피도 필요한 간식거리라 믹스와 아메리카노 파우치를 넉넉하게 챙겼다. 오이와 방울토마토에 떡까지 먹기 위해 떠나는 여행 같았다.

세 자매는 추구하는 방향이 달랐지만 무엇을 함께 하자고 하면 기쁘 게 응했다.

부모가 같은데 셋은 너무나 다르다. 봉정암을 오르는 내용도 달랐 다.

중창 불사한 오세암과 봉정암을 보고 싶은 나는 오세동자와 불뇌보 탑 친견이 목적이다. 숙희는 숨이 넘어간다는 깔딱고개를 넘어 봉정 암에 가 보고 싶은 것이다. 은희는 언니들이 좋은 곳에 가 기운을 받고 오자고 해 흔쾌히 따라나섰다. 둘째 제부는 공항까지 바래다주고 막내 제부는 언니들과 맛있는 거 사 먹으라며 용돈 넉넉히 챙겨 주었단다. 우리 낭군님은 봉정암까지 가서 기도드려야 기도발 먹히느냐며 퉁명스럽다. 그래도 기분 좋았다. 더 늦기 전에 동생들과 동행은 운 좋은 기회이다.

우리 숙희는 전사 같았다. 운동화 끈을 단단히 묶고 스틱도 몇 번을 점검하더니 우리까지 점검한다. 백담사에서 행군이 시작되었다. "복식 호흡하며 걸어야 덜 지친다. 스틱은 길게 잡고 양쪽을 다 사용해야 한다. 발밑을 보면서 걷지 말고 앞을 똑바로 보면서 바른 자세로 걸어야 한다." 너무나 진지하게 일장 훈시하는 그 말에 은희와 나는 반박의 여지가 없었다. 저절로 꽃이나 바위를 보며 환호를 하면 숙희는 정색해 "허천드레 베리당 자빠집니다 양" 우리를 단속했다. 평소 몸이 약한데 골다공증까지 생기며 싫어하던 운동을 안간힘 다해
챙기느라 건강염려증이 생겼다. 오르막의 끝이 보이지 않은 고개를 넘어 오세암에 다다르니 비로소 마음 편히 경치를 구경할 수가 있었다. 기암절벽과 운무 깔린 산등성이와 기이한 소나무들이 정말 놀라웠다.

물이 귀해 고양이 세수만 해도 천근이나 무겁던 몸이 날아갈 것 같았다. 미역국에만 말아 먹는 저녁 공양이 너무나 맛있었다. 코로나로 인적 뜸한 횡재인가? 한 칸을 사용할 수 있었던 방 구역을 세 칸 차지하고 좌복도 덮고 깔고 베고 잘 수 있기까지 했다. 다음 날 어스름한 새벽에 길을 나섰다. 봉정암에 일찍 도착해 설악산 대청봉까지 오르자는 심산이었다. 점심 후 숙희는 휴식이 필요하다며 대청봉은 사양했다. 물 한 병 달랑 들고 오르며 소청봉에 가 간식과 커피 마시자는

야무진 생각은 생각으로 끝났다. 휴식 공간만 있을 뿐 텅 비어 있었다. 중청봉에서 라면 먹는 사람들이 그렇게 부러울 수가 없었다. 줄 서서 대청봉 인증샷하고 서둘러 내려왔다. 빗줄기가 점점 세어지고 있었다. 봉정암이 보이자 다리에 힘이 풀려 주저앉아 버릴 것 같았다. 은희는 젊어서인지 불뇌보탑이 보이는 법당에서 좌선을 좀 하고 싶단다. 죽을 것 같았다. 살아야 기도하지 싶었다. 빗줄기 점점 굵어지고 처마 밑에서 국그릇에 밥 말아 김치 몇 조각 얹어 먹는 뜨거운 저녁은 비와 너무나 환상이었다. 처마 밑 길다란 나무 의자에 셋이 앉아 옛이야기 펼쳤다. 믹스커피가 간절했다. 오세암을 떠나며 짐이 될까 봐 커피며 사탕을 다 두고 왔다. 우리 은희 친구를 만나 세 개를 얻었다. 평소 잘 안 마시던 믹스커피가 일품이었다. 어둠이 내려앉기 시작하고 양철 지붕을 때리는 빗소리와 마당 자갈에 떨어지는 비를 보며 내일 수렴동 계곡 내릴 걱정보다 너무 좋다고 맞장구쳤다. 밤새 비는 더 거세지고 아침을 먹는 시늉만 하고 단단히 빗속을 헤쳐 나설 준비했다. 비옷을 두 개 껴입었는데 한 시간도 안 돼 다 젖었다. 오로지 미끄러지면 안 된다는 일념으로 내렸다. 말라 있던 계곡에 물줄기가 우렁차게 고함쳐도 아는 체할 수가 없었다. 막내가 도중에 스틱 한 개가 부러지긴 했지만 무사히 용대리까지 도착했다. 빈대떡에 막걸리가 그동안 수고를 보상해 주었다.

여행은 한다고 바로 무언가 남는 건 아니다. 그러나 우리가 함께한 시간들로 자매는 더 깊어질 것이고 뒤돌아보며 웃음 지을 수 있는 기억이 될 것이다. 떠나고 싶은 생각을 하는 건 사치가 아니다. 함께 갈 벗이 있다면 더 좋고 혼자라도 떠나고 돌아와 보면 안다. 떠나는 것은 일상을 버리는 것이 아니라 돌아와 일상 속에서 더 잘살기 위해서다.

두 벌 새끼

늘 갈중이를, 헐렁한 고무줄 바지를 벗어본 적이 거의 없는 내 지인의 어머니가 오월 산들바람처럼 저세상으로 떠나가셨다.

위낙 과묵한 지인이라 집안일을 낭자하게 흘려 내보인 적이 없었다. 부고 통보에 내 가슴이 더 쿵쾅거리고 놀랐다. 평소 착한 치매를 앓고 있어서 요양병원에 잘 계시는 줄 알았다. 화장 후 선산에 안치하고 와 허허한 마음을 글로 내게 보내왔다.

'장손을 애지중지해 치매 중에도 아들, 딸 몰라보는데 장손만 만나면 입이 씰룩이고 손을 꼭 잡아 놓아주지를 않으셨다. 맛있는 것이 생기면 손자 몫을 꼭 챙겨 숨겨 두시고 나눠 먹으며 속닥속닥, 손자는 맞장구치느라 둘은 연인 같았다. 돌아가시기 몇 시간 전 아무 기척도 없으시다가 손자가 손을 잡자 미세한 안면 경련이 일어나며 눈물을 보이셨다. 전혀 큰아들에게 안 보이셨던 감정이입이 섭섭하긴 해도 가슴이 먹먹했다. "어머니! 두 벌 새끼가 그토록 아까워 어떻게 눈을 감으셨나요?"라고 어머니 속을 한번 헤집고 싶은데 안 계시다.

내 지인은 장남인데 어머니가 살갑게 "요거 먹어봐라. 하우스 일은 아픈데 힘 부치지 않느냐?"라고 대놓고 물어보신 적이 없으시단다. 손자 사랑이 유별난 어머니를 보내고 자국마다 흔적이 너무 뚜렷하고 간절해 멍때리고 앉아 있단다. 여운 있는 글을 읽으며 불현듯 우리 시어머니와 비교되었다.

나는 시어머니께 잘 보이기 위하여 죽을힘을 다해 살았다. 약속으로 외출하면서 보고하러 가면 그제야 일이 있음을 말씀하시며 발목을 잡으셨다. 늘 일방통행적인 시어머니로 인하여 약속을 자주 어겼고 지각쟁이가 되었다. 그래도 시어머니 인상이 편안하시면 안도의 숨을 쉬며 살았다. 지나면 다 추억이라더니 긴장의 연속인 그때가 시댁살이 좀 했구나 싶어진다.

우리 큰놈보다 한 살 아래 외손자가 태어나자 딸을 위하여 아기업개를 자청하고 나섰다. 일이 있어 아이를 잠깐 맡기고 싶어도 냉정하게 데리고 다니라고 말씀하셨다. 한번은 외손자와 우리 큰놈이 함께 열이 펄펄 끓었다. 경기를 해 너무 무서워 봐 달라고 업고 갔더니 승환이 아파 정신없는데 신경 쓰이게 한다고 병원 가야지 왔다고 화내셨다. 그 후로 옆집 삼촌에게 의지하며 열나고 배탈로 다급해지면 시급한 민간요법으로 아이를 키웠다. 몇 년 후 외손자 어린이집으로 가고 우리 작은 놈이 태어났다. 장손보다는 많이 돌봐주신 것으로 섭섭함을 쏟아내렸다.

왜? 아직도 나는 하늘을 보며 시어머니께 의문부호를 던진다.

두 벌 새끼가 더 살가운 할머니들이 많긴 하다. 처음엔 자식을 낳고 어떻게 키워야 할지 경황없이 바빠 살피느라 정신을 못 차린다. 특히 우리 때는 면 기저귀 손빨래에 삶고 젖병 소독하고 와중에 밭일도 다녀야 해서 밤에는 우는 아기 두고 쏟아지는 잠 때문에 좌충우돌 사고도 많았다.

자식이 장가가고 손자가 태어나면 보상심리 작용일까?

아들에게는 잘되라는 요구 사항이 많은데 손자는 무조건 잘 먹고, 잘 놀면 사랑스럽다. 감정은 마음이라는 바다에 일렁이는 파도와 같다 하였다. 파도는 바다에 속하지만 바다 자체는 아니다. 표면에서는 사납게 폭풍우 치는 바다도 그 심연에 깊은 고요를 품고 있듯이 폭풍 같은 감정 너머에 깊고 밝은 마음자리가 있다. 우리가 어떤 인생을 살아가느냐는 것은 바로 어떤 삶의 길을 선택하느냐는 것이다. 삶의 길은 방식이다. 밝고 맑은 길로 가야 한다. 혼자가 아닌 우리가 양자합일의 포함적 사고방식을 가지고 있어야 한다.

비교하지도 말고 서운해하지도 말아야 한다. 내가 맑게 있어야 맑은 기운이 감돌아 내 새끼들이 잘된다. 온화한 덕을 지니면 마치 화롯불이 방 안에 있어서 불을 피우지 않아도 불씨가 저절로 타는 것처럼 모든 일이 저절로 이루어진다고 하였다.

내 후박한 느낌대로 응어리가 쌓이지 않게 새끼들에게 좋은 엄마 잘 놀아 주는 할머니가 되려고 한다. 비교될 때에 문제가 쌓인다.

봉사하는 일은
조주 선사의 '오도송'을 배우는 일이다.

'봄에는 꽃들이 피고 가을에는 달빛이 밝다.

여름에는 산들바람이 불고 겨울에는 흰 눈이 내린다.

쓸데없는 생각만 마음에 두지 않는다면 이것이 바로 우리 세상의 좋은 시절이라네.' 울력을 자주 하셨고 문인이셨으며 '임제록'으로 유명한 스님이신데 감히 봉사는 '오도송'이라는 표현을 하고 싶습니다.

자연과 함께, 사람들과 함께 나누고 느끼며 사는 일 그래서 행복합니다. 저는 논리적으로 따지지 않고 스스로 삶의 스토리를 만들며 누군가에게 조금이라도 보탬이 되면 참 좋겠다는 마음으로 '모다드림' 봉사 단체에 가입했습니다. 그들은 진정성과 열정이 대단하였습니다. 그 속에 있다는 것만으로도 빛이 납니다.

직장인으로 일하며 봉사 단체에 가입해 있는 일은 제 친정어머니의 큰 걱정이었습니다. 어머니께서는 모름지기 촌 여성은 밭일이 우선시되어야 하고 다음은 시댁과 동네 대소사에 참여하는 일인데 어느 시간에 봉사 가고 어느 시간에 밭일과 시댁 일을 볼 수 있겠느냐며 딱 소박맞기 좋다는 것이었습니다. 저는 고금리로 적금 드는 일이라고 우겼습니다. 바쁜 시간을 쪼개어 봉사하노라면 그 선함이 차곡차곡 쌓여 고금리 이자를 받고 언젠가 적금을 탈 것이라는 믿음이 있음을 알

렸습니다. 지금 사용 중입니다. 건강하며 삶의 활기 가득합니다. 하지만 가끔 게을러지고 핑계가 많아질 때가 있습니다. 저는 주중 봉사는 거의 참석 못하고 주말은 큰일만 아니면 참석하려고 노력합니다. 그런데 오랜만에 친구가 만나자고 하던지, 오랜만에 밭에 가 보면 예기치 않은 병충해와 잡초가 생겨 있으면 조바심이 납니다. 주말엔 할 일이 태산인데 어쩌자고 봉사한다고 신청했을까? 그러다가 저는 그 적금 생각을 합니다. 그래 내가 지금 적금을 쌓아가는 중이 아닌가? 플로킹이나 축제, 예술의 전당 봉사는 꿩 먹고 알 먹고 바로 일석이조가 딱 들어맞는 수지가 급상승을 타지요. 한번은 철인 3종경기에 컵에 물을 부어 탁자에 놓고 간식도 잡기 편하게 놓아 드렸더니 외국인 노인께서 "땡큐, 원더풀"을 몇 번씩 말하며 고마움을 표현하는데 우리가 참 좋은 일을 하는구나 뿌듯했답니다. 산악 트레킹에서 목적지를 앞에 두고 쥐가 나 고생하는 아가씨를 응급처치해 무사히 골인할 수 있도록 모다드렁 회원들과 했던 일도 절로 입가를 치켜세워줍니다. 무슨 일을 하다가도 필요한 곳이 있다는 연락을 받으면 주저 없이 나서는 '모다드렁' 회원들의 적극적인 모습에 저도 물이 들어갑니다. 인생은 혼자 살아갈 수 없고 여러 사람이 함께 어우러져야 함을 알게 합니다. 시간이 있어야 봉사하는 것이 아니라 시간을 내어서 참여해야 한다는 것을 그들로부터 배웁니다. 위험함과 어려움을 경험해 봐야 그 상황에 놓인 사람들을 진정으로 도울 수 있습니다. 저는 적극적이며 열성적인 봉사자는 아닙니다. 하지만 노력합니다. 내가 잘살기 위해서는 타인과 함께하지 않고는 도저히 살아남을 수 없으니까요. 타인과 함께하는 일이 어디 쉬운 일인가요. 때론 희생도 해야 하고 알면서도 손해를 봐야 합니다. 당당하게 자신에게 가치를 부여해 주는 일은 봉사가 최고인 것 같습니다. 사랑에 사랑을 더하는 배려 내가 먼저 손 내밀어 주면 제 마음이 먼저 너그럽고 부티가 납니다. 오늘 평계를 기준으로 일을 하고 있다면 내일의 나를 기대하기가 어렵습니다. 내가 누군가에게 필요함이 되어 있다는 것, 참으로 값어치 있는 일이라고 생각합니다. 시간을 투자해 봉사를 하다 보면 정신이 맑아지고 몸의 기운이 올라옵니다. 내가 하는 일이 나와 다른 사람을 따뜻하게 만들고 있다는 생각을 하면 우쭐해집니다. 장애인 시설에 오래 근무하다 보면 내가 조울증에 전염된 것은 아닌가 싶게 나락으로 떨어질 때가 있습니다. 늪에 오래 빠지지 않은 것은 봉사 활동 덕분입니다. 인간은 자기가 하고 있는 일과 활동 가운데서 자기의 정체감을 발견합니다. 삶은 속도보다 더 중요한 것은 방향이라고 합니다. 오늘도 저는 월드컵경기장에 저녁 봉사 활동을 갑니다. 부지런히 저녁밥 해 두고 특별함이 일상이 되는 나를 만나러 갑니다.

선물

내게 있는 것, 내게로 오는 것에 당연함이 아닌 그건 선물이었다.

무엇을 하기 전에 간절함이 있다면 행동하는 데 있어 다른 잡념은 사라지고 오직 그것에 집중하게 된다. 올해 계획한 일 몇 개 가운데 하나가 내 능력으로 할 수 있는 일을 해 선물하는 일이다. 광목 가방을 여남은 개 마련했다. 어디에 둔 지도 모를 만큼 깊숙이 간직해 두고 며칠 집 안을 아수라장 해 놓고 겨우 찾았다. 휴일의 여름날 손전화도 무음 처리하고 집중했다. 그림들을 예쁘게 잘라 붙였다. 세탁해도 지워지지 말라고 마감재 마를 때까지 드라이어로 샅샅이 잘 말렸다. 풋감을 장만해 염색물 짜 온 날부터 가을장마가 햇살을 훔쳐 갔다. 냉장고에서 냉동고로 가게 되면 계획에 차질 빚어 큰일이라고 애면글면했다. 다행히 뒷날 비 개고 큰 대야에 넣고 염색을 했다. 물이 골고루 잘 먹게 하려면 처음부터 빨래 주무르듯이 잘 문질러야 한다. 손으로 하다가 지치면 발로 공을 들였다. 널어놓으니 다음 날부터 또 비 님 납시었다. 사무실 눈치 보며 달려와 걷고 널기를 반복하였다. 감물 염색은 8월 햇살에 잘 말라야 한다. 물에 적셔 널기를 몇 번 반복하면 예쁜 갈색이 탄생한다. 비에 절여져 있으면 색도 안 곱고 곰팡이가 생겨난다. 밤에는 제습기 켜고 드라이어로 말렸다. 받는 사람이 흡족해야 하는

데 형편없는 가방을 주면 서로 신뢰감이 떨어질 것이 아닌가? 싶었다. 색이 예쁜 갈색은 안 되었지만 나름 예뻤다. 육지에서 온 직원에게 두 개 선물하고 동생에게도 인심 썼다.

"시장 갈 때 들고 다니렴"

동생은 별로인 모양이다.

"시장 다닐 때 들고 다니는 가방 있는데요." 도로 내놓으라 말하고 싶을 만큼 내심 섭섭했다. 감탄을 바라는 것은 지나친 욕심이었을까 하는 기우가 고개를 쳐들었다. 세 개는 여고 동창생에게 주었다. 둘은 간단히 외출할 때 들고 다니면 좋겠다며 호들갑을 떨며 '최고'라고 해준다. 한 친구는 키가 작은 사람은 작은 가방을 들고 다녀야 하는데 너무 크단다.

선물은 무엇일까?

줄 수 있는 마음과 받는 자의 열린 마음이 통하면 보잘것없는 선물이라도 명품이 되지 않을까 하는 생각이 들었다. 나머지 가방도 계획대로 선물했다.

시아버님 제사가 추석날이라 떡이나 적갈 담아주기는 그렇고 해서 평소 쓸 수 있는 것을 무엇으로 할까 고민하다가 내가 즐겁게 갖고 다니는 감물 염색 가방에 눈독 들이는 큰집 언니 보면서 '그것이야!'라고 했었다. 가방에 드립커피와 마스크 팩 그리고 코로나 마스크를 넣었다. 첫 제사라 시누이들과 친척분들이 오셨다. 더 예쁜 것을 갖겠다며 비교하느라 웃음바다가 넘실거렸다. 갑자기 일 생겨 못 온 삼촌 몫까지 챙겨갔다. 사연 많은 감물 염색 가방은 바닥이 났다. 비 오는 날에도 옥상 빨랫줄에 걸린 가방 보며 걱정 많이 했는데 색이 예쁘다고 이구동성으로 받는 기쁨을 표시해 주셨다.

나뭇잎이 부딪혀 부서진 빛살들이 이슬 머금은 것 같은 맑고 쾌활한 마음으로 선물을 생각한 것이다. 가방이 바래지는 기간에는 조마조마한 마음 가득했지만 그래도 행복했다. 감사하는 법을 알게 되는 것이 넉넉해지는 나이 덕분인가 한다. 삶에 정답이 없듯이 선물에도 정답이 없다. 주는 사람은 시간과 정성을 들였으니 가치와 의미를 두며 긍정적인 호르몬이 분비되었다. 받는 사람은 순간이라도 기쁨으로 인해 사이가 돈독해지고 좋은 호르몬이 분비되었을 것이다.

우리는 행복을 위해 마음과 몸을 열었다.

시아버님 영정 모시고

칠십 대 중반쯤에

국가유공자. 해병2기. 참여한 전투에서 승리. 인천상륙작전 참전용사의 수식어가 나라에서 부여되고 어깨, 가슴 곳곳에 반짝이는 훈장이 선물로 매달려졌다. 그렇게 웃음기 1도 없는 모습으로 담아진 사진을 영정으로 모셨다.

늘 학생군인으로 나라에 충성할 수 있었다는 사실을 자랑스러워하셨고 해병대 전우들을 끔찍이 사랑하셨다. 미소가 있는 사진을 모실까 했으나 가시는 길 '귀신 잡는 해병'처럼 무적으로 이승의 길 넘길 바라는 간절한 마음이 한층 앞섰다.

햇살 5할. 바람 3할. 구름 2할의 가을이 시나브로 익고 있었다. 추석 음식 챙겨 병원 밖에서 간병인에게 건네며 코로나19로 안부만 물었다. 추석 음식은 드셨을까? 뒷날 열과 염증 수치 치솟았다. 정작 필요할 때 항생제는 효과를 발휘하지 못했다. 반나절 만에 일어난 일이라 서둘러 제주시로 달렸으나 임종만 지켰지 말은 나눌 수가 없었다. 일주일 후면 아들 결혼인데 걱정이 태산 같았다. '조금만 참았다가 장손 장가가는 모습 보고 가시지 어머니 만나는 일이 그리 급하셨나요'라고 숨 거두시는 아버지께 억지 부렸지만 사실은 아들 결혼식 부정하지 않을까 하는 조바심이 컸다. 친척들은 조상의 일은 괜찮으니 안심하고 아버지 잘 보내드리라고 입을 모아 주셨다.

관 뚜껑 덮고 국가유공자 태극기를 덮었다. 순간 가슴이 울컥했다. 눈물 거두려고 무심히 쳐든 고개가 한참을 하늘에 박고 있었다. 하늘이 품은 가을은 시리도록 푸르렀다. 푸른 천으로 하늘을 도배했구나. 태극기를 타고 저 푸른 하늘로 훨훨 날아 자유로워지시길 바랐다.

10여 년 전, 4,5번 척추 이상으로 수술이 시작되면서 병원 생활 연속하셨다. 남들은 병원 밥 지겨워 집으로 가고 싶어 안달이지만 아버지는 남김없이 잘 드셨다. 덕분에 속병은 무탈하셨다. 아마 바쁜 며느리에게 제때에 식사 대접 못 받을 것 같아서 한결같이 병원을 고집하지 않았을까 하는 죄스러운 마음이 든다. 평생 사업을 하셨고 재물이 최고 행복이셨다. 전분공장은 남들이 어려워 문 닫을 때에 끝까지 버텨 마지막에 큰 이익을 남기셨다. 양어장 시작할 때에도 사람들 흥망을 저울질하는 사이에 과감히 손대셨고 번창해 확장하기도 하셨다. 양어장 사업이 곤두박질로 아들에게 넘겨졌고 아들은 버텨 내지 못했다. 평생 아버지에게 큰아들 며느리는 죄인이 되어 못난 놈의 호칭이 주어졌다.

시아버지와 며느리 간 본마음을 숨기고 쌓아두어 가슴이 닫혀 버린 것은 아닐까? 측은지심으로 홀로 계신 아버지를 대했던 것이 아니라 세상을 돈으로 해결하려는 것처럼 보여 앞에 서기가 두려웠던 것은 아닐까? 되물어 보지만 이미 가고 없으시다.

슬프고 힘든 일 어떻게 받아들이느냐에 따라 끝내 모르고 말았을 더 깊이 사랑하는 법을 알게 해 주시는 것 같다. 한 그루의 나무가 아름답게 자라기까지 혼자의 힘만으로 이루어진 것은 아무것도 없다. 가족이란 함께 가꾸어 가는 소우주이다. 작지만 남편은 아버지가 노래를 부르셨던 하우스 감귤 '천혜향'을 올해 처음으로 제대로 수확하게 된다. 한 번이라도 칭찬받아야 하는데 가셨다.

자식 앞에, 재물 앞에, 건강 앞에 햇살. 바람. 구름처럼 자유로워지시길 염원한다. 이제 죽음의 고향으로 돌아가 시어머니랑 살갑게 지내시길 두 손 모은다.

주민자치는 일과 놀이다

일을 즐기면 놀이가 된다.

일은 돈을 받으면서 하는 것이고, 놀이는 돈을 쓰면서 하는 것이다. 즉 즐기기 위한 대가는 당연히 치러야 한다.

이제 노동과 놀이는 보는 관점이 달라졌다. 둘이 섞인다는 것은 말도 안 된다고 생각했는데 일치가 되는 일이 있다. 주민자치프로그램에 주민과 함께 참여하는 일이 그렇다. 일과 놀이에 주인이 되어 참여하는 단체는 아마 주민자치위원회밖에 없으리라 본다. 올해 코로나19 영향으로 활동이라는 것을 아예 중단해야 했다. 계속 심신을 도사리고 있을 수만은 없었다. 무성하게 자라는 풀들을 방치할 수가 없는 일이다. 마스크는 기본에 절제된 말 대신 행동으로 예초를 하고 방역을 시작했다. 농촌의 바쁜 일손을 잠시 멈추고 모두 여섯 시면 나와 함께 일을 하면 왠지 모를 희열이 차올랐다. 뜻을 모아 일하다 보면 즐기게 되고 그 일이 빛을 발하게 되는 모양이다. 다양한 프로그램과 원앙축제가 코로나로 진행 못 하게 되었다. 축제를 준비하기 위하여 몇 번의 회의와 몇 날의 수고들이 이제는 소중한 추억이 되었다.

영천동은 나비다. 애벌레 시절은 어떻게 변할지 모르는 징그러운 모습이지만 번데기를 벗고 나오면 팔랑나비, 모시나비, 유리창떠들썩나

비, 호랑나비, 흰나비, 제비나비가 된다. 자치위원님 중 참신한 아이디어를 내놓으신 덕분에 나비우체통이 탄생하였다. 내놓고 보니 너무나 편지와 맞는다. 편지도 날아서 어딘가에 소식을 전하듯 나비도 꽃을 찾아 분주히 움직이고 있다. '나비테마 사업과 예술마을 프로젝트'는 2020년 서귀포시 주민자치위원회 활동 우수사례 우수상을 획득하게 되었다.

주민자치 미래는 밀가루 반죽과 같다. 다양한 가능성이 존재한다. 우리가 관찰하고 인식하고 느끼는 에너지가 반죽의 모양을 형성해 만들어 낸다. 그러나 완성된 반죽이 굳지 않으면 어떻게 될까? 반죽은 쿠키, 빵, 국수 등 수많은 것을 만들기 위하여 필요하다. 어떤 모양으로 빚고 구워 빚지는 우리 손에 달려 있다. 우리는 우리를 둘러싼 세계를 바꿔 나갈 수 있는 힘을 충분히 가지고 있다.

특히 한 사람이 아니라 여러 사람이 모여서 하는 일이다. 영천동주민자치위원회는 큰 산도 옮길 수 있을 만큼 뭐든지 된다. 그만큼 마음이 뭉치고 넉넉하며 든든하다. 미래를 창조할 수 있는 에너지를 가진 위원님들과 일이 아니라 놀이처럼 즐기다 보니 어느새 임기 만료다. 섭섭하고 아쉽긴 하다. 하지만 더 의미 있는 일을 위한 나섬에 참여할 영천 동민은 많다. 각자의 일에 몰두하다가 밀쳐두고 매 순간 최선을 다하신 그분들에게 박수를 보낸다. 소중한 기억을 갖는다는 것은 중요한 일이다. 이 소중한 기억은 휘발성이 남달라서 자주 사라지려 한다. 불행은 접착성이 강해서 가만히 두어도 삶에 딱 달라붙어 있는데 소중한 기억은 금방 닳기 때문에 관리를 해 줘야 한다. 문제는 모르는 것이 아니라 아는 것을 행하고 선택한 것을 책임지는 것이 주민자치위원회가 할 일이 아닌가 싶다. '노자'는 나뭇가지의 형태를 구부러뜨리고 변화하는 것이 버티고 저항하는 것보다 훨씬 더 나은 이치라 했다. 부드러운 것은 자신을 낮추는 것을 즉 경청하고 좋은 것을 취하는 사람이야말로 세상을 이기는 지혜로운 사람이라는 말씀이다. 우리는 어떤 위치에 있든 더 나은 세상을 위해 자기 자신과 다른 사람들을 변화시켜야만 하는 책임이 있다.

오징어 성님

    삶에 대한 적극적인 힘은 체력에서 나오는 것임을 그를 보며 실감한다. 바다에 '뽕돌'같은 짤막하며 다부진 몸과 날렵한 손놀림은 볼 때마다 감격해 찬사를 보낸다. 나의 운명을 거부한 식당사장님 명함은 일년을 겨우 유지하고 휴지가 되고 말았다. 정식이 차림표 전부라 오징어 요리는 일주일에 한 번 이변이 없는 한 식탁에 등장시켰다. 물 좋은 오징어를 고르려고 새벽 시장 기웃거리는데 일면식도 없는 사람이 먼저 인사를 건다. 몸집보다 목소리가 낭랑했다. 몸은 60대(?), 목소리는 40대 쯤이 나를 붙잡았다.

    내 요구 사항이 무엇인지 간파하고 종알거리지 않아도 알아서 척척 손질한다. 덤으로 얹어주는 것은 기본이었다. 싱싱한 각재기라도 좌판을 접수하는 날에는 상큼한 목소리로 전화해 준다. 물론 물 좋은 오징어가 없는 날에도 전화와 헛 발걸음을 안 하게 해 준다. 어림짐작으로 윗사람이겠거니 해 '언니'라고 부르다가 어느새 '성님'이 되었다. 친근감 있게 거래할 수 있어야 상도덕에 불미스러운 일이 발생 안 할테니까, 후후~ 정말 오징어 성님은 괜찮은 장사꾼이었다. 생선 좌판이 양쪽으로 즐비한 재래시장 첫 줄에 진을 치고 앉은 고수이다. 십 년을 그 자리 지키기가 쉽지 않을 터인데 빠지는 날이 거의 없는 것 같다. 오징어가 마땅치 않을 때는 생물 고등어나 갈재기를 판다. 단골손님에게 전화도 해 준다. 싸고, 싱싱하며 덤이 따르는 생선을 구입하는 일은 수지맞는 장사를 한 신나는 기분이 차오른다.

어느 날, 몇 살쯤 되었느냐고 묻는다. 웃으면서 그런 어마어마한 비밀을 어떻게 누설하느냐고 하며 웃음으로 버무렸더니 생뚱맞게 "손을 보니 60년대 아줌마일세"라고 적중시킨다. 장사하면서 생긴 버릇이라며 손이 제일 정확히 그 사람을 대변해 준다는 것이다. 물건 흥정을 하고 거래하며 손을 보며 더 얹어 주고 싶은 사람이 있고 정확하게 계산하고 싶은 사람이 생긴다는 지론이다. 나는 얼굴은 그냥 그런데 손이 고생해 안쓰러워 자꾸 더 얹어 주고 싶어진단다.

가끔은 외상도 하고 바쁠 때는 전화해 말 더듬거리면 바로 알아 퀵서비스로 배달도 날렵하기가 정말 제비 같다.

신나게 오징어를 일 년 먹었다. 사람이 진국이라서 싫증이 안 났다. 그런데, 장사를 접고 매일 가던 시장 발길이 뜸했다. 사람은 더 멀어졌다. 몇 번 오가던 전화가 이제는 번호도 지워졌다.

내가 얌체다. 필요한 때는 살갑게 굴며 '성님'하다가 하루아침에 변했다. 미안하고 죄스러운 마음이 겹치며 더 문턱이 높아졌다. 마트가 편리하고 한두 마리 오징어 사다가 먹기는 빈약한 식구가 용납하지 않았다.

몇 년 세월 흘러 맘먹고 찾아갔다. 가는 날이 장날이라고 일이 있어 일찍 좌판을 접었다는 이웃의 말로 억지 이유를 만들어 나를 합리화시켰다.

아무 일 없듯 우연히 다시 만나면 예전에 쌓은 인연이 자연스러워졌으면 좋겠다. 우리의 말. 행동. 생각의 관계가 진동을 타고 우주를 떠돌다가 밝은 사회 공간 어디쯤 자리해 성님과 나, 그리고 이웃에게 즐거운 주파수를 주고받았으면 좋겠다. 서귀포 매일 시장은 고향이다.

희망이란 비타민

삶이 정상에 도달하기도 전에 하강하고 있다는 조바심을 감지한 지 오래다.

'향정신성약물' 복용하는 것도 아닌데 삶이 오락가락하고 점점 의존도가 높아갔다. 과연 어떻게 해야 삶을 즐길 수 있는 것일까?

이즈음, 여류수필문학회에서 통영 '박경리 선생님'을 만나러 간다는 계획을 실행에 옮기려 분주해 있었다. 이건 메시지다. 주저 없이 대열에 합류했다. 선생님을 만나는 일이 운명처럼, 숙명처럼 여겨졌다.

초하인데 태양은 이미 달아올랐다. 모자, 양산, 선글라스, 스카프를 챙겼다. 문학회 회장님은 이벤트를 하기 위한 필수 조건임을 강조해 충실하게 따랐다.

'박경리 선생님'을 떠올리면 '토지'와 '김약국의 딸'이 함께 엮어진다. 기념관을 들어서는데 평상에 고추가 채반에 담겨 있었다. 잠시 마실 나간 모양새이다. 텃밭에서 흙 묻은 손으로 밀짚모자를 벗고 옷을 툭툭 털며 "더운데 오느라 애썼네. 많이 기다렸어!"라며 고추를 밀치고 평상에 앉으라고 채근하실 것 같았다. 인간의 내면세계를 깊이 있게 그려낸 문제작들이 많아서 근엄하실 것 같은데 영락없이 촌부이시다. 백발이 성성하시고 뿔테안경을 쓰셨는데 얼굴에 미소가 가득하시다.

6·25 난리에 남편이 납북되고 따님과 둘이 견뎌낼 수 있었던 것은 간절함 때문이 아닐까 싶다. 희망은 격렬하다. 역설적이지만 언제나 희망은 절망의 끝에서 비롯된다. 원주로 거처를 옮겨 오랜 기간에 걸쳐 '토지'를 집대성하셨다. 선생님이 안 계셨으면 '토지'가 탄생할 수 없었다는 생각을 하니 너무나 감사해 저절로 두 손 모아 합장하게 된다. 원주에는 '박경리문학관'이 있다. '김약국의 딸'과 '파시'는 통영이 무대이다. 여성들의 다양한 성격과 모습을 너무나 잘 묘사한 작품들이다.

선생님의 기념관을 찬찬히 둘러보며 지인들 복은 있으셨구나. 참 다행이다 싶었다. '정창훈 변호사'께서는 선생님 책을 섭렵하셨고 광팬으로 통영의 노른자위였던 땅을 협의 매각해 기념관을 설립하게 되었다는데 지혜로운 사람들은 함께 다니면 지혜를 얻는 것 같다. 우리 여류수필문학회도 함께 있어 비타민을 섭취해 파릇하게 살아나는 느낌이 온다.

선생님은 시, 수필, 단편, 장편 등 장르를 초월한 한국의 진정한 예술인이시다. 글을 쓰는 사람으로서 선생님 흔적이라도 가까이 할 수 있다는 벅찬 가슴의 울림 따라 송글송글 맺히는 땀을 훔치며 단숨에 묘지까지 올랐다. 묘는 아주 평범했다. 배례하고 풀 한 포기 뽑았다. 기를 받아 글을 제대로 쓰고 싶었다. 경남 통영시 산양읍 미륵산 기슭에 안장된 선생님 영혼은 유고 시집처럼 편안할 것 같았다. 확 트여 흐르는 물도, 마을의 집들도 다정하다. 인생이란 늘 이를 악물고 바쁘게 뛰어다니면 당장 눈에 보이는 얻음이 있을 수 있겠지만 잃어버리는 것이 더 많다.

'버리고 갈 것만 남아서 참 홀가분하다.'라는 유고 시집을 보며 평생 돈 주고 사 먹을 비타민을 쟁여두는 것 같다. '사마천'을 스승으로 삼았으며 적막 속에 글쓰기를 강행군하셨다. '아아 편안하다 늙어서 이리 편안한 것을 버리고 갈 것만 남아서 참 홀가분하다. 남이 싫어하는 짓을 안 하셨으며 결벽증과 자존심이 강하셨단다. 속박과 가난과 고난의 세월 속에 그렇게 단아한 모습으로 살 수 있었던 심지가 아니었나 싶다.

즐겨 채소밭을 일구신 선생님을 보는 것 같아 [옛날의 그 집]이 참 좋다. 중간쯤, "빈 창고같이 횅덩그레한 큰 집에 밤이 오면 소쩍새와 쑥국새가 울었고 연못의 맹꽁이는 목이 터져라 소리 지르던 이른 봄 그 집에서 나는 혼자 살았다. 다행히 뜰이 넓어서 배추 심고 고추 심고 상추 심고 파 심고 고양이들과 함께 정붙이고 살았다. 달빛이 스며드는 차가운 밤에는 이 세상 끝으로 온 것 같아 무섭기는 했지만 책상 하나, 원고지, 펜 하나가 나를 지탱해 주었고 사마천을 생각하며 살았다."

인성과 감성을 고루 갖추신 선생님 흔적을 보고 느끼는 희열로 내 안에 희망이 싹을 틔우고 있다.

위 캔 두 댓

　출근길에 한라산을 마주한다. 신비롭고 영험한 산이다. 한 번도 같은 모습일 때가 없다. 요염한 아녀자가 머리를 풀어 누워 있는 모습은 여자인 내가 봐도 오감을 전율케 한다. 목젖이 도드라지고 콧날이 우뚝 선 근엄한 남자로 보일 때는 그냥 기분이 좋고 설렌다. 내가 다니는 직장 동료들이 공유하는 부분이다. 이 부분으로 자연, 사람과 일이 어울려야 살맛이 난다는 것을 느끼며 하루를 보낸다. 출근길이나 마당, 특히 3층 옥상에서 만나는 한라산은 제주도에서 최고의 모습이다. 옥상 평상에서 커피를 마시며 장애인 근로 시설에 근무하는 사원이 아니라 시인이 된다.

　사무실 근무 시간, 두 시간에 걸쳐 영화 한 편 보았다. 때는 1983년 이탈리아 '바자리아'법에 따라 혼돈이 오면서 펼쳐지는 과정을 픽션이 아닌 논픽션으로 다룬다. 정신 질환을 가진 장애인을 법만으로는 제정신을 만들 수가 없어 안정제를 지나치게 복용시킨다. 안정제를 먹고 그저 일감을 나누고 보조 업무를 하며 느릿느릿한 일상을 소일한다. 심드렁하고 무의미한 그들에게 드디어 변혁이 일어난다. 병원 부설 '협동조합 180'에 급진적인 인물이 개입되며 전개된다.

　바자리아 운동 취지는 '정신적 장애인들을 정신병원에 격리하여 관리할 대상이 아니라 지역사회에서 함께 생활하며 자립할 수 있도록 해야 한다'라는 실천적 사회 역할이다. 우리 시설은 '지적장애인직업재활'이다. 몇 년 전부터 매장을 오픈한 카페는 지금 일반 카페보다 더 브런치와 차를 훌륭하게 만들어 낸다. 손님이 갑자기 많아진다거나 있어야 할 것이 제자리에 없으면 정신줄을 놓아 손님과 매니저를 당혹하게 하지만 매일 칭찬을 해도 부족하지가 않다. 노력의 결과이다. 변하지 않을 것이라는 생각은 위험하다. 사회는 함께 이루는 것이다. 모든 사람이 일반적인 삶을 살 권리가 있다. 장애인들에게 동료로 생각하며 희생정신과 전문 지식을 가지고 다가선 매니저가 있었기에 가능한 일이었다.

장애인을 장애인으로만 봐 온 주관적 이기심이 너무나 부끄러웠다. 못 해낼 것이라는 섣부른 생각은 무서운 발상이다. 우리는 대부분 실패를 두려워한다. 특히 장애를 가진 사람들과 대화를 나눠 보면 실패한 인생이라고 믿어 지금 삶에 안주해 버리려는 경향이 짙다. 장애인들에게 매니저는 단순한 선생님이 아니다. 성공하려면 실패를 기꺼이 감수해야 한다. 실패하지 않겠다는 건 성공하지 않겠다는 거나 마찬가지다. 매니저는 정신적 지주이며 본보기이다. '유능한 노동자'라고 두둔해 주며 격려하고 존중하는 모습이 아름다웠다. 나는 예순이 넘었지만 나무만 보고 숲을 보지 못하는 어리석음과 아둔함이 많다. 이런 영화나 책을 마주하고 나면 늦었지만 마음의 매무새를 만진다. 당장 눈에 보이는 성과에 급급하여 다그치지 말아야겠다. 숨어 있는 가능성을 미처 발견하지 못하여 두고 있는 것은 아닐까 싶다. 우리는 '스티브 잡스'가 될 수 있다. 돈을 위해서 열정적으로 일한 것이 아니라 열정적으로 일했더니 돈이 생겼다. 함께 문제점을 부정하는 것이 아니라 인정하고 극복해야 지역 사회의 일원으로 삶의 주도성을 찾지 않을까 한다.

귀하고, 거룩하고, 아름다운 존재가 우리의 본 모습이다. 그래서 가장 빛나는 하루를 살아야 한다. 우리는 살아 있는 모든 순간에 잘 살아야 한다. 행복은 파랑새를 찾아 떠나는 미래라고 생각했던 젊은 시절이 있었다. 지천명을 넘기며 행복은 참 사소한 것이라 행복하다고 마음을 포근히 품어 주면 느슨해지며 감사해진다.

우리 근로장애인들과 이야기를 많이 나누려 한다. 함께 있어 좋은 사람으로 멘토와 멘티가 되어 끌어 주고 기대며 빽이 되어 줄 것이다.

우리는 점심시간에 신나는 댄스로 축적된 지방을 분해하고 쉬는 시간에 우리가 볶고 고른 커피를 내려 마시며 즐겁다. 감사하고 너무 행복하단다.

아버지

개나리, 진달래꽃이 피면 꽃이 되어 오십니다
으름 열매, 다래 방울, 말똥버섯으로 피기도 합니다
꿈속엔 참외, 수박밭 원두막으로 오십니다
촐밭의 야생화로 오실 때는 서럽습니다
당신이 소 울음일 때가 제일 멋지십니다
금승이, 다간쇠, 사룹, 부릉이, 밭갈쇠
당신 모습 같아 자꾸 눈물이 납니다.

소주 한잔 하실래요
라면 끓여 드릴까요
따끈한 찐빵 언제든지 사 드릴 수 있어요
둘째 딸 이제 다 할 수 있는데요.

새벽 별 보며 일터로 가신 당신은 새벽 별이 되었습니다
파아랗게 파아랗게 반짝이는 것은
당신이 멍이 들도록 우리를 지켜보고 있기 때문이지요.

당신이 떠난 나이에 서 보니
세월은 무게로 흔적을 두는 것이 아니라
끈끈한 농도임을 알았습니다
언제면 그리움이 물처럼 흘러갈 수 있을까요?
어머니에게 갚아야 할 빚인데 이자만 불어납니다

아버지!

빨래

환경에 관심 가지고 강사가 되면서 나름의 원칙을 하나 세웠다. 자신 있게 꾸준히 할 수 있는 일 한 가지쯤은 사람들에게 본이 되어야 면목이 선다.

밥할 때 첫물은 버리고 두세 번째 물 삼다수 병에 70% 담고 EM을 10%에 설탕 한 숟가락 넣어 거꾸로 세워 두면 발효액 완성된다. 이걸 모아두었다가 우영팟에 음식물 버릴 때 요긴하게 쓰이기도 하지만 친환경 비누를 만든다. 폐식용유와 가성소다 그리고 발효액이면 너무나 훌륭한 비누가 탄생한다. 목욕은 물론 설거지용으로 일부 소비되지만 대부분 빨래할 때 사용한다.

손빨래는 몇 가지 이익을 남기게 한다. 물 아끼고 시간 절약에 운동할 걱정 덜며 친환경 비누 사용으로 자연에 기댈 수 있게 만든다.

단독주택 마당 있는 집이라 가능한 일이긴 하지만 새벽 빨랫방망이 소리는 우리 집 식구들 깨우는 자명종이다. 박박 비누칠하고 방망이로 힘껏 두들기는 동안 내 안의 잡념은 거품처럼 올랐다가 슬그머니 사라진다. 헹굼이 거듭될 때마다 맑아지는 물처럼 삶도 연륜이 더할수록 맑아지고 싶다. 마지막 헹굼은 식초 몇 방울 섞으면 섬유유연제가 무색해진다. 구겨지지 않게 탁탁 털어 젖은 빨래를 물 뚝뚝 흘리며 넣어보면 알게 된다. 하는 일을 실제로 즐겁게 할 때, 현재의 순간을 삶의 중심으로 삼고 자신이 하는 일을 기쁘게 하는 능력이 극대화되는 것 같고 빨래처럼 비누칠하고 먼지 털어내 헹궈 햇살과 바람에 바짝 말리면 덩달아 새로 태어난다. 햇살과 바람 없고 구름만 잔뜩 몰려 있으면 옷에서 냄새가 나는 듯 코를 옷에 박고 킁킁거리면 마음까지 흐려진다. 어쩌다 옥상에 빨래 널어두고 갑자기 비가 와 젖어 축 늘어진 옷들을 보면 발을 동동 구르며 하늘을 원망하기도 한다. 이불이나 카펫이 젖은 날엔 부부 싸움을 한 적도 있다. 집에 있으면서 비가 오면 살펴봐야 정상 아니냐고 눈 동그랗게 뜨고 한 소리 했더니 우리 남편 말이 가관이었다. "비가 내게 신고하지 않아서 몰랐는데"라고 미안함이 전혀 없었다. 빨래하고 널고 개고 하는 일은 오로지 아녀자의 몫이다.

아들이 결혼 준비할 때 여자로서 당부했다. "설거지와 빨래 널고 개기는 여자의 전용 일거리가 아니니 남자가 해 줘야 사랑받는다"라고 했더니 아주 당연히 청소까지는 물론 음식도 해야 사랑받는 것이라고 응수했다. 아주 슬펐다. 아들 낳고 기쁨의 눈물을 쏟았던 때가 엊그제 같은데 이제 남자보다 여자가 더 대우받는 세상이 된 것을 엄마로서 마음이 휑하여졌다. 세상이 변하여 당당하게 서로를 보일 수 있는 그들에게 이해를 바랄 필요는 없다.

손빨래는 나름의 휴식이다. 새벽 기운이 눈과 코와 귀로 음미되고 스며든다. 하루가 시작되는 것에, 우주가 내게 손길을 내밀어 준 것에, 저절로 마음이 너그러워진다. 당연한 것에 감사하기 시작하면 고마운 마음은 더 커진다. 자기 몸 사용할 줄 알고 자기 몸의 주인이 되는 것 같아 대견해진다. 쪼그려 앉아 빨래할 수 있는 다리와 허리가 너무나 고맙다. 나이 들수록 몸 무사한 것에 고마움이 커진다. 작은 감사 속에 더 큰 감사를 만들어 내는 씨앗이 움튼다. 휴식을 잘하면 더 건강하고 더 오래 살 가능성이 있다. 아무리 바빠도 빨래는 꼭 하는 좋은 버릇을 자랑스럽게 생각한다. 시어머니 소품에서 방망이와 빨판을 사용하며 늘 어려웠던 고부의 관계가 합리적 교류로 불행한 관계의 걷어차기로 골인된다.

어느 날, 문득

　나이를 먹을수록 옛 어른들 말씀 하나도 틀림없어 어른이 잘되어야겠나는 마음을 다진다. 지금처럼 인공위성을 띄워 세계 속 날씨를 시시각각 맞추는 것이 아니었다. 달과 해를 보고 점치기도 했고, 동식물을 보고 예측했는데도 잘 맞았다. 아버지는 꽃을 보고 말씀하셨는데 정말 신기했다. 치자꽃과 수국이 봉오리를 맺히면 장마 대비를 하셨다. 지금은 환경 감염병이 생겨 자연 개발, 생태계 파괴로 야생 동물 서식처의 변화와 접촉 증가, 지구 온난화로 모기, 진드기 등 질병 매개체의 증가, 빈곤층의 열악한 위생 상태, 환경 오염으로 말미암은 인간의 면역 기능 악화, 토양과 물의 오염 등 다양한 이유가 생태를 교란하고 있다.

　목련과 진달래가 봄에 피고 가을에도 피었다. 한라산에 시로미와 돌매화나무, 들쭉나무가 사라지고 있다. 어릴 적 마대 들고 한라산에 가 시로미나무 밑에 펼쳐놓고 흔들면 후드득후드득 소리와 함께 금방 수북해 실컷 먹고 식구들 몫을 갖고 왔었다. 이제 옛일이 되었다.

　장마는 길었다. 식물들은 의기양양 키를 키우며 곰팡이는 도둑고양이처럼 소리 없이 집 안을 점령하였다. 질척한 날씨로 밭일 잠시 손은 놓자 아버지는 신이 나셨다. 매일 동카름으로 마실 나가서서 이슥한 밤이 되면 약주 몇 잔 드시고 기분 좋은 양산도 타령하시며 먼 올레에서부터 우리를 부르셨다. 어머니 잔소리가 날 새는 줄 모르게 퍼부어져도 아버지는 마냥 '허허' 웃으셨다.

짙은 치자꽃 향기가 올레를 차지하고 마당까지 이어지는 일 빼고는 장마는 내겐 상처의 흉터 같은 것이었다.

뽀송뽀송 마르지 않은 옷, 냄새나는 수건, 금방 상해 버리는 음식들, 눅눅한 방과 이불, 특히 운동화는 골치가 아팠다. 아궁이에 널어놓으면 솥뚜껑을 열거나 보리밥이 넘치면 운동화는 다시 빨고 고무신을 신고 가야 했다. 단벌 교복에 단벌 운동화도 감사하고 감사할 처지라 학교 가며 혼자 목놓아 운 적이 많았다.

제주 장마가 일주일 만에 종을 친 것 같은 느낌인데 육지는 물난리로 아우성이다. 신록이 신록이 아닌 폭염 속에서 뉴스를 접하며 환갑 나이에 격세지감을 겪는 것 같다. 저기압 중심 부근의 한랭 전선과 온난 전선을 따라 강한 대류 무리가 지속적으로 발달해 장기간에 걸쳐 많은 비가 육지에 쏟아졌다. 수마가 할퀴고 간 집들은 처참했다.

빨리 벗어나고 싶었던 옛날의 장마가 불현듯 그립다. 국지성 호우가 무엇인지 몰랐다. 지금은 장마 중에도 전국적 기온 상승으로 이상 기온이 빈번하게 출현하며 장마 예측이 어려워졌다. 기상청은 작년부터 장마 예보가 의미 없는 것으로 해석하고 있다. 끝났는가 싶었는데 끝난 것이 아니었던 요즘의 장마 현상들이다.

안개가 자욱하게 깔리고 운 좋은 날엔 해무도 볼 수 있는 아침 등굣길이 그립다. 분에 자라던 식물들 분갈이해 주고 달팽이들 신나게 텃밭을 누벼도 우리가 더 많이 먹을 수 있었던 물기 가득한 채소를 먹고 싶다. 아버지가 가락지 낀 말똥버섯을 참기름에 살짝 익혀 소금만으로 기가 막힌 맛을 주셨던 그 손길이 그립다. 다시 돌아갈 수가 없어서, 아버지가 안 계셔서 더 애절하다.

다행히 크게 변하지 않은 것은 물인 것 같다. 제주는 천연 암반수에서 물을 뽑아 담으면 삼다수가 되고, 그 물에 염소 한 방울 떨어뜨리면 수돗물이 된다.

지나고 나서 후회하는 일이 덜 생겼으면 좋겠다.

마음으로는 벌써 맛있는 것을 한 아름 사고 어머니에게 달려가고 있다.

이건 축복이었네

사랑하는 아람과 승훈아!

이런 가을이 참 좋다.

쪽빛 하늘에 구름 서너 점 흩트려 놓고 억새에 바람이 놀러 와 함께 춤추고 성미 급한 감은 벌써 홍시가 되었네. 우리 우영팟 감귤도 시나브로 발그레 두어 잔 술 마신 듯 들떠 있다. 하지만 내 아들 승훈이가 이 계절에 태어나서 그런지 가을이 더 살갑다. 너희들 덕분에 나도 가을처럼 우아하고 예뻐졌다.

"이렇게 예쁜 사람이었어요?. 한복이 너무 잘 어울리네요. 모델 해도 되겠어요. 심지어 시집가세요".라고까지 종일 좋은 소리만 듣느라 마음은 풍선처럼 부풀었고 점심 안 먹어도 힘이 불끈불끈 솟았다.

아람처럼 예쁘고 싹싹하며 지혜로운 아가씨가 승훈에게로 시집와 원석을 골라내 보석으로 만드는 공정이 시작되었네. 처음부터 완벽한 아내, 품격 있는 남편이 될 수 있는 것은 아니라고 생각한다. 결혼이란 함께하는 시간 속에서 상대에게 멋지고 빛나는 보석이 되고자 노력해 나가는 과정이 아닐까?. 엄마가 환갑에 서 보니 삶이란 정답이 있는 것이 아니라 스스로 옳다고 하는 일에 최선을 다해 진실하게 살면 이웃이 다 내 편이 되어 주더구나. 어제 축하객들 한결같이 "어쩜 셋이 너무 닮았어요. 참 신기하네요."라고 하며 천상 아람이는 인연이었던 것 같아.

"아람아! 남자의 마음을 사로잡으려고 여우가 될 노력은 하지 않아도 될 것 같아. 충분히 너는 빛날 것이고 슬기로우니까 말이야. 감정적으로 되지 않고 감정을 잘 표현할 수 있는 지혜로운 부인이 되면 참 좋겠다. 서로의 촉감으로 둘의 관계가 깊어져 삶이 늘 신혼이길 바란다. 고마운 것만 기억하고 사랑하는 일만 떠올리며 어떤 경우에도 남의 탓을 하지 않는 현명하고 지혜로운 부부가 되길 바란다.

아람이와 승훈이는 상대를 변화시키는 긍정의 말로 희망의 씨앗을 심고 상처가 되는 그 어떤 말도 조심하며 살기를 바란다. 둘이 건강하고 행복하려면 서로 몸을 잘 돌보고. 잘 먹고. 적당히 운동할 수 있어야 한다. 둘이 하나가 되는 것이 아니라 각자로서 배려하고 이해하며 일과 쉼을 잘 분배해 쓸 줄 아는 똑똑한 부부가 될 것이라고 믿는다.

이제 아람이는 군위 오씨 집안 20대손에게 시집와 낯설고 불편함과 소통의 부재로 외로움도 있겠지만 마음 열고 대화하면 다 해결되리라 믿는다. 우리는 아람과 첫 만남부터 너무 좋았다. 평생 네 편이 되어 줄게."

"승훈이는 장인. 장모에게 늘 든든하고 힘이 되며 필요할 때 언제든지 달려갈 수 있는 그런 사위가 되길 바란다. 우리는 가족과 친구. 소중한 이웃들에게 어떤 형태로든 사랑의 빚을 지며 살고 있다. 그러니까 행복한 것은 언젠가 갚아야 할 빚이다. 행복은 함께 채워 가는 것이다. 저 하늘의 너비만큼 사랑을 알알이 채워 가며 예쁘게 살기를 바란다."

"아람아! 우리에게 와줘서 너무 고마워. 승훈아! 사랑한다."

2020년 10월 11일. 영원히 잊지 못할 아름다운 결혼식 날 엄마가.

내 사촌은 별이 되다

초록이 여행을 떠났다.

떠들썩 다시 온다고 표현 안 했지만 돌아오는 것은 너무나 당연한 일이다. 사촌은 초록을 너무나 좋아해 겨울 산보다 녹음방초의 산을 즐겨 찾았다. 푸르름과 함께 있고 싶었을까? 여름 끝자락, 혼자 동네 뒷산을 내려오다가 이승의 문을 나섰다. 사인을 확인하려면 부검해야 하는데 식구들은 원치 않았다. 병원에 실려 온 모습은 이마에 약간의 핏자국뿐으로 얼굴은 평온하였단다. 심장마비가 아닌가 그냥 추측으로 묵인되었다. 서귀포시 하원의 선산으로 안치되었다. 너무나 바쁜 사촌이라 제사나 명절은 당일치기로 다녀가 본 적이 꽤 되어 장지로 가며 떠올려 봐도 왠지 가물가물했다. 배례하며 영정사진을 보았다. 어릴 적부터 소리 내어 웃는 것을 본 적이 없다. 아무리 웃기는 말을 해도 빙긋이 입꼬리만 살짝 올릴 뿐이었다. 역시 사진 속에도 근엄함이 깃든 모습에 미소가 보일락 말락 했다. 사촌은 대한민국 회계사 회장직을 맡고 있었다.

우리 모두의 자랑이었다. 초등학교부터 고등학교까지 일등을 놓쳐 본 적이 없다. 할머니는 세뱃돈을 차별해 주셨다. 우리는 천 원, 사촌은 이천 원으로 할머니의 사랑을 가득 받으며 우리를 부럽고도 슬프게 했다. 내게 일등은 하늘의 별 따기라 그에게서 동화를 듣고 그림을 배우는 것으로 위안을 삼았다.

해야 할 일이 산더미로 쌓여 있을 것인데, 하늘에서 복잡한 셈을 할 사람이 없었나? 조물주는 쓸모없는 사람을 만들지 않는다고 하셨지만 차라리 나를 데려가시지 여러 사람 아프게 만들고 있나 야속했다.

사촌은 주위 기대치가 너무 많아 늘 부담스러워했다. 공부는 탁월했지만 부부 관계도 다정하지 못해 기러기 신세로 지냈다. 그런 탓인지 시간이 생기면 산을 올랐다. 그에게 산은 친구이며 사랑이었다. 웬만해서는 절대 속내를 보이지 않았다. 어른이 되면서 멀게만 느껴지던 사촌에게 언제부터인가 측은지심이 일었다. 회계사 시험 준비를 하는 아들 문제로 긴 통화를 했었다. 바빠서 따로 만날 수는 없고 한양대로 보내면 대화를 해 보겠다는 요지와 사적인 말 몇 마디로 '참 외롭구나' 하는 느낌이 들었다. 누나로서, 인생 선배로서 일과 휴식, 긴장과 이완, 채움과 비움을 나눠 쓸 줄 알아야 건강하게 살 수 있다고 충고했다. 한라산에 가게 되면 함께 오르자고 했다. 그런다고 해 놓고 그렇게 황망히 떠난 것이다. 사촌은 말수가 적고 분쟁을 만들지 않았으며 항상 신중했다. 한번은 텔레비전에서 경영에 관한 대담을 하는데 그렇게 논리정연하고 차분하며 똑소리가 나는 모습을 보며 너무나 대견하고 자랑스러웠다.

단단한 연결 고리가 뚝 떨어져 나가 버린 것 인양 마음이 휑하다. 늘 이웃으로 있을 것 같지만 어느 날 문득 뒤를 돌아보면 많은 것이 곁을 떠나고 만다. 누구나 혼자이지 않은 사람은 없다. 이제 생각해 보면 사촌을 측은지심으로 본 것은 내 착각일 수도 있었다. 행복해야 한다는 강박 때문에 더욱 불행해지는 사람들이 많다. 그는 무엇인가에 몰두

해 있는 동안 불행하지도 행복하지도 않고 움직이며 살아 있어 열심히 사는 일에 더 기분 좋은 상태로 있지 않았나 싶어진다. 사촌은 어느 날 갑자기 세상을 떠나도 후회 없이 살다 갔다. 사촌이 하늘나라로 떠나고 초가을 밤하늘에 안 보이던 푸른 별이 보였다. 거기에서 필요한 사람이 되었구나 생각하니 "역시 내 사촌은 최고다."라고 손을 흔들었다.

삶과 죽음은 한 끗 차이가 아닌가 싶은 생각이 든다.

남편의 동창은 보물창고

"청춘은 지금부터, 현목을 즐기자."

70세 노인들의 50주년 졸업을 기념하며 내건 슬로건이다. 지금이 우리가 살아가게 될 삶에서 가장 어리고 젊은 나이라고 한다. 선택은 우리의 몫이다. 발악하는 게 아니냐고 웃으며 의문부호를 던졌더니 사뭇 진지한 준비 과정이었다. 오현의 날 앞서 전야제 행사는 부부 동반이 필수다. 덕분에 서울 벤치마킹 갔다가 도중 혼자 내려왔다. 부득이 혼자 참석하는 친구도 있지만 버젓이 마누라 있는데 홀로 보내기 미안하였다. A, B, C, D 반별로 자리가 마련되었다. 남자분들은 머리숱이 헐거워지고 반백이 넘었으며 거의 배가 남산 수준이었다. 반면 부인들은 있는 폼은 다 잡고 우아하고 기품 있게 납시었다. 보여지는 것이 전부인 양 나도 눈썹을 붙이고 원피스에 머플러를 감았다. 미리 서울까지 신고 간 구두는 발목을 옥죄다 지나쳐 감각이 무뎌져 계단을 헛디뎌 넘어지기까지 했다. 그래도 구두를 잘 신었다. 원피스에 구두가 환상 궁합이었다.

웃음 치료 강사가 배꼽 빠지는 유머를 날려도 기품 있는 부인들은 박수에 인색하고 그냥 입꼬리만 실룩할 뿐이었다. 나는 본색이 촌여자라 소리 내어 웃고 박수도 손바닥이 아프도록 쳐댔다. 시간이 지나며 한통속이 되어 갔다. 웃고 옆자리와 인사 나누고 박수도 풍성해졌다. 아저씨, 아줌마들의 수다 보따리가 풀렸다. 소싯적 이야기가 끝도 없이 이어졌다. 아저씨는 은사님과 친구들 보따리 풀고, 아줌마는 연애에서 자식의 주변까지 모두 말장사 하느라 바빴다. 개발도상국의 중장기 계획 속에 새마을 운동이 한창이던 변화무쌍한 시절을 산 증인들이다. 이 밤이 새도 다 못 할 것이다. 가난한 때 고등학교를 다녀서 더할 말이 많은지도 모르겠다.

인간의 뇌는 과거를 기억하고 현재를 인식하며 미래를 설계할 수 있다 하였다. 자기의 가치를 발견했을 때, 자신을 사랑할 수 있고 힐링할 수도 있다. 자신을 스스로 가르칠 수 있고 자신에게 깨달음을 줄 수도 있다. 스스로 문제를 찾고 문제를 해결할 뇌력을 그들은 쌓아 왔고 사용하고 있었다. 그들의 슬로건처럼 남을 만족시키기 위해 스스로를 희생하지 않고 자신을 만족시키는 삶을 살아갈 줄 아는 현명한 현목인이다. 외면은 늙음이란 표시가 확연하지만 내면은 보물 창고이다. 살면서 차곡차곡 쌓아 둔 보물을 꺼내 이웃들에게 나눠 주고 있다. 나누는 것은 일방적인 행위가 아니라 상호 작용을 일으킨다. 나의 것을 다른 이에게 나누어 주면 그것의 일부를 영위하게 된다. 나눔을 통해 공동체가 형성된다.

곱게 나이 들어가는 건 누구에게나 만만치 않은 과제다. 무엇보다도 노욕과 노추를 피해야 한다. 그냥 늙어온 것이 아니라 경험이라는 밑천을 들이지 않고도 계속 추가되는 상품을 갖고 있다. 현목회가 한 일과 할 일을 구체적으로 설명 들으며 늙고 있는 남편을 잘 대접해야 하는 의무가 생겼다. 이 나라 발전의 주역들이다. 사랑에 사랑을 더한 시선으로 바라봐야겠다. 어디가 불편한지 무엇이 필요한지 사소함을 살펴봐야겠다. 이야기에 귀 기울여 주고 미소로 손 내밀어 주리라. 그래야 내가 보물 창고를 오래 쓸 수가 있다.

60주년 행사에도 씩씩하고 스스로 청춘이라고 믿으며 사는 현목인을 만날 수 있으리라 본다. 남편의 50주년 전야제 행사를 보며 스스로 자신을 돌아보는 성찰의 시간을 갖게 된 것이 다행이다 싶었다. 내가 늙어가도 아름다울 수 있는 것은 성찰할 수 있기 때문일 것이다.

글을 쓰다 말고 올려다본 하늘이 흰 구름 몇 점에 파아란 하늘이 햇살에 부셔 창창하다. 소슬바람이 기분 좋게 가슴을 파고든다. 가을은 홀홀 털고 가볍게 떠나는 만행이다. 우리의 인생은 마음먹기 나름이다.

늦은 나이가 없다.

카페쇼에 젖다

'아무것도 하지 않으면 아무 일도 일어나지 않는다.'

그곳을 알기 위해서는 그곳에 가야 하는 것이다. 어떤 것을 알고자 한다면 정말로 그것을 알려고 한다면 젖어 봐야 한다.

2015년도 회사는 카페 사업을 하기 위해 서울 카페쇼에 참가했다. 그 대열에 합류해 2박 3일 신세계를 보았다. 커피는 마셔만 보았지 '에스프레소' '아메리카노' '로부스타종' '아라비카종' 생소하고 그 맛이 그 맛이었다. 나의 무지는 코엑스 1.2.3층을 부지런히 오가며 무아지경이 되었다. 화려한 디스플레이, 곁들이는 디저트, 와인까지 커피랑 환상 궁합이었다.

바리스타가 되었다. 서당개 3년이면 풍월 읊는다는 옛말에 일리가 있다. 로스팅하고 블랜딩 과정 후 시음하며 아로마. 향미. 후미. 산도. 바디감. 달콤함까지 감각을 익혀야 하는 일들이 이제는 제법 익숙해졌다.

1호점 꿈앤카페가 브런치로 이름나면서 올해 매상이 껑충 뛰었다. 건강식 빵 만들기 위해 신제품 개발에 박차를 가하였다. 고구마, 감자, 오징어 먹물을 이용한 건강한 빵은 직원들이 쉼 없이 시식하고 평가되었다. 수지 타산 문제가 제기되었다. 전국의 동향은 어떤지 보고 느껴봐야 대책을 강구할 수 있겠다는 대표님 엄명에 따라 직원 6명이 당일치기 연수에 들어갔다.

'생선 당일바리는 싱싱하고 맛도 좋아 일품인데 사람 당일치기는 소금에 절이라는 말씀인가?'라고 툴툴거리면서도 내심 '야호' 하고 기뻤다. 카페쇼가 어떻게 변하고 있는지 늘 궁금했었다.

새벽 5시 30분 집을 나서면서도 카페쇼 볼 생각에 들떠 발걸음 가벼웠다. 2인 1조 구성하고 강 과장님이랑 A홀과 B홀을 오전에 둘러보기로 했다. 코로나19로 온도 측정과 온몸 살균 터널 지나고 장갑 착용까지 갖춰야 입장 가능했다. 원부자재와 새로운 제품에 눈독을 들였다. 만져 보고 시음하며 확인해야 하는데 대표님 원칙이 절대 마스크는 벗어서 안 된다는 요지이다. 눈으로만 일하려니 기운이 쏘옥 빠졌다. 커피 향, 빵 굽는 냄새, 과일 향은 물론 피곤을 날려 줄 와인 한 잔을 못 마셨다. 디저트 종류가 다양해졌고 음료의 색깔이 선명하고 화려해져 눈으로만 봐도 침샘을 자극했다. 친환경 소재도 다양해졌다. 나무, 옥수수 전분, 사탕수수로 컵, 빨대, 리드, 컵홀 등 놀라웠다. 빵도 생과일을 이용한 제품들이 많은 사랑을 받는다는 평이 지배적이다. 빵 없는 커피는 이제 경쟁에서 낙오가 되어 버린 듯하다. 구색을 갖춰야 손님 맞을 준비가 되어 매출의 성패를 좌우하게 될 것 같다.

기회란 것이 어느 날 갑자기 찾아오는 선물이 아니라 최선을 다하는 날들이 차곡차곡 쌓였기에 찾아든 결과물이다. 지금 나는 카페쇼에 몰입한다. 주변에서 일어나는 일들의 이해를 높이는 것. 자기 경험의 의미를 이해하고 그 질을 높여 성과가 되는 것이 중요 목적이다. 그리하면 자연히 성과는 따라올 것이고 그래프는 쑥쑥 나무처럼 자란다. 일을 한다는 것은 돈을 버는 것을 넘어 스스로에게 부끄럽지 않은 자부심을 갖는 것이고, 내가 살고 싶은 모습을 실현해 나가면서 충족감을 얻는 과정이다. 하고 싶은 일을 통해 존재 가치를 발견할 수 없으면 그 삶은 늘 허기질 수밖에 없다.

이만 보 넘는 행군에 팔팔할 수 있었던 것은 기뻤기 때문이다. 끝이 보이는 내 안의 잠재력에 왠지 무궁무진이 내포되어 꿈틀거리는 울림이 있고 일에 전심전력을 기울이고 싶다. 그렇게 인생을 꽃처럼 피우고 싶다.

책 속을 산책하다

나뭇잎을 후드득 때리는 빗줄기 소리 듣는 밤이면 공연히 책을 펼치고 싶어진다. 가을 장맛비 덕분에 책 속 산책이 잦아졌다.

올여름 선풍기 벗 삼아 독서 삼매경에 빠져 볼 야무진 계획을 잡았다. '장자'를 선택했다. 놀멍쉬멍 거닐어도 좋을 책이라 착각했다. 좋은 말, 삼가야 할 말들이 달려들었다. 멀미가 일어나고 압박감이 죄어 오는 듯했다. 덮었다. 머리맡에서 먼지만 뿌옇게 쌓여 갔다.

가을 장맛비가 잦아졌다. 어둠의 빛처럼 가슴을 파고든다. 잠을 자기엔 빗소리가 매력적이다. 다시 '장자'를 펼쳤다. 의미가 다르다. 뭐든지 마음이 너그러워 있을 때 해야 한다. 장자를 풀이한 분에게는 가장 신나는 책이며, 당나라 현종에게는 '남화진경'이라는 칭호를 받기도 했다. 세계에서 가장 심오하고 재미있는 책이라 극찬한 중국 고전 번역가 '웨일리'도 거들었다. 산책길에서 꽃과 나비를 만나듯이 영롱한 마음으로 책 속을 거닐었다. 아득한 옛날부터 중도를 삶의 기준으로 잡아야 흔들림이 없다. 도를 이루려면 지금 가지고 있는 편견이나 단견 같은 이분법적이고 일방적인 의식으로 얻는 지식은 하나하나 버려야 한다. 학문의 길은 하루하루 쌓아 가는 것이라 하면 도의 길은 하루하루 없애 가는 것이라 한다. 늘 허둥대고 쫓기듯 사는 내가 장자를 산책하고 도를 넘는 것이 쓸데없는 일이니 무엇을 버려서 무엇을 얻어야 할지 알게 될까?

쓸모없음의 '쓸모'는 큰 나무가 구불구불하면 재목으로 쓸 수 없지만 그 때문에 도끼에 찍히지 않아서, 그림자를 드리워 사람들을 그 밑에서 쉬게 하니 얼마나 요긴한지 모른다. 당장 쓸모가 없어 보이는 것이 쓸모 있게 해 준다. 참 저절로 고개가 끄덕여지는 말씀이 아닌가 싶다. 수레바퀴 자국에 '붕어' 이야기도 혼자 기쁘게 웃었다.

장자는 마실 나가듯 가벼운 마음으로 이슬비처럼 젖어진 책이라면 레이첼 카슨의 '침묵의 봄'은 숙명 같은 만남이었다. 섬세하고 문학적이며 날카롭기도 한 환경 운동가? DDT에 관한 엄청난 자연 파괴와 생명의 무너짐은 한순간이었다. 어릴 적에 그 가루로 머릿니를 전멸시켰던 기억이 난다. 살아 있는 생물에게 고통을 주는 행위를 묵인하는 우리가 과연 인간으로서 자유를 주장할 수 있을까? 숲길에서, 책 속에서 야생의 자연 생태계가 지닌 심미적 가치는 산기슭에 묻힌 구리나 금광맥 또는 우거진 숲처럼 우리가 물려받아 보호해야 할 유산이다. 자연을 너무나 사랑한 사람. 자연을 통제하면 부메랑이 되어서 온다. 모든 생물과 공유하는 것이 인간이 살길이다. 내성으로 말미암아 점점 더 센 화학 제품을 사용하니 생태계가 교란되고 돌연변이가 생겨나 더 큰 재앙이 발생한다는 사실을 100여 년 전에 레이첼 카슨은 염려하고 있었다. 덕분에 우리는 자연과 더불어 살기 위하여 어떻게 지구를 지킬 것인가 여러 나라가 제안하며 실행에 옮기고 있다. 제초제를 일 년에 두 번 뿌리던 것을 한 번으로 줄여 예초로 잡초를 잠재울 것이다. 살충제도 남아서 버리는 일이 없도록 정확한 양을 조절해 살포할 결심이다.

'찬투' 태풍이 가을장마를 데려가고 구름 서너 점 흐르는 높고 맑은 하늘을 보고 싶다. 붉은 노을은 푸른 바다를 꿰뚫어 선한 사람들을 시인으로 모시리라. 자연을 산책하고 책 속을 거닐면 건강한 중년이 아름답다.

허위와 진위 사이

　신화는 인간을 포함한 우주 전체의 창조와 운행 원리에 대한 생각의 체계이다. 바이칼 여행 다녀온 지인으로부터 선물을 받았다. 바이칼의 돌로 빚은 반지이다. 너무 커서 열 손가락 다 맞춰 보다가 엄지에는 낄 수가 차마 없고 그나마 오른쪽 중지가 합격이다. 그날 밤 나는 오래도록 그 반지를 만지작거리며 꿈에 그리던 호수를 만났다.

　세계에서 가장 깊고 오래된 호수, 차고 맑으며 물 반, 고기 반에 끝도 없이 펼쳐진 곳은 섬들이 옹기종기 모여 있다. 자연의 섭리대로 조용한 순간들을 소소한 것들에 감사하며 사는 섬사람들 샤머니즘 원형은 우리 민족과 흡사한 무엇인가에 이끌리는 일상이 그려졌다.

　그런데 새벽 세 시쯤, 너무 아파서 일어났다. 돌아누울 수도 숨을 제대로 쉴 수도 없었다. 왼쪽 가슴 주위로 통증이 전해져 오는데 살도 아니고 뼈도 아닌 곳에서 통증이 압박해 왔다. 뿌리는 파스로 1차 가슴을 도배하고 붙이는 파스로 2차 도배했는데도 효과가 전혀 느껴지지 않았다. 별별 생각이 다 쏟아졌다. 혹시 담이 붙었나? 바이칼의 신기한 기운이 반지에 스미어 이 밤 나를 깨우는 것인가? 어제 고문선 씨가 내 어깨를 너무 잘 주물러 근육이 손상되었나? 몇 년 전에 사다리에서 추락하며 몇 달 타박상으로 고생했는데 그것이 도졌나?

중지에서 반지를 빼냈다. 그리고 텃밭 오래된 담을 찾았다. 담을 오만 원에 팔았다. 통증은 더 심해졌다. 5시 반에 집을 나서서 병원에 갔다. 집에서 '타이레놀'로 진통을 잠시 진정시키고 엑스레이와 심전도 검사는 이상 없음이다. 의사 선생님은 CT 촬영 해 봐야 정확한 내용을 알 수 있음을 강조하셨다. 망설임 없이 그냥 나왔다. 바이칼에 기운(나쁜)이 스며든 것이라면 이겨서 강한 에너지로 바꾸고 싶어졌다. 만약 담이라면 연륜 있는 담에게 세 번 정도는 찾아가서 사 달라고 무조건 조를 생각이다. 사물에도 영령이 깃들어 있어 받아들이려는 사람의 성의 없이는 이루어질 수가 없다.

동생 내외가 맛있는 저녁과 차를 사 주며 '모든 일은 나에서부터 시작되고 내가 나를 바로 볼 줄 알면 인생은 골짜기 한가득 스치는 솔바람 소리 같은 것'이라고 일러 준다. 즉 허위나 진위임을 분별심으로 선을 그을 것이 아니라는 일침이다.

어제보다 한결 편안해졌다. 오늘 아침에도 오래된 담에게 다녀왔다. 오늘은 십만 원에 팔았다. 장맛비가 종일 분주하던 어제 덕분으로 오늘은 더 푸르고 가지 끝에 닿은 햇살과 바람 따라 나무의 향, 소리, 빛깔이 들어섰다. 이렇게 죽을 수도 있겠구나 싶었던 몸이 가벼워지니 견뎌 낸 시간들이 고마워진다. 내 몸이 무엇인가에 위협을 느껴 '코르티솔' 같은 스트레스 호르몬 분출로 에너지가 고갈되고 신체의 면역력이 저하되어 알아채는 신호를 보내온 것이다. 의식을 집중하고 편안하게 호흡하며 방전된 에너지를 충전해 열정의 힘으로 얼굴빛을 밝고 환하게 하리라. 순수한 영혼이 바로 평화이다.

그대! 코로나

중복의 땡볕, 화살처럼 등에 꽂힌다.

콩밭 좁은 고랑에 앉아 잡초를 뽑는 중년의 여인 몸이 땀으로 흥건하다. 잡초 뽑기에 집중하던 한 시간 전과는 딴판이 되었다. 공자께서 "사람이 흐르는 물에 제 모습을 비춰 볼 수 없고, 고요한 물에서만 비춰 볼 수 있다."라고 하였다. 산란스럽기 시작한 마음엔 평정심을 잃고 온갖 잡념이 들락거렸고 이미 나는 콩밭에 없었다.

코로나로 일주일 공가 낸 박 대리가 너무 부러웠다. 삼복더위가 심신을 노파로 만들어 버릴 것 같았다. 강렬한 자외선 때문에 얼굴, 팔, 손에 주근깨와 검버섯이 빼곡하게 자리 잡아 거무튀튀하다. 흠뻑 비맞으며 콩 보식한 뒷날, 목이 칼칼해지며 근육통에 머리가 지끈거렸다. 열은 36.2에서 시소 타고 힘과 입맛을 잃어갔다. 모든 비극에는 반드시 전조가 있다. 일주일 동안 행동반경을 반추해봐도 딱히 의심 둘 데가 없었다. 코로나-19 셀프 테스트를 했다. 바로 완연한 두 줄이다. 병원 판정받고 약 처방을 품고 자가 격리에 들어갔다.

첫날은 잠만 잤다. 등이 아프면 옆으로 누워 자다가 엎어져 잤다. 심지어 앉아서도 졸았다. 이튿날, 두어 권 책을 꺼냈다. 읽다가 이해가 안 되어 밀쳐 둔 '장자'와 '지적 대화를 위한 넓고 얕은 지식'의 먼지를 털었다. '도덕, 경제, 정치, 사회'가 다 무엇인가 싶었다. 기침 콜록콜록, 휴지 옆에 두고 수시로 풀어 대는 콧물, 머리 아프다고 질끈 동여맨 수건을 만져본다. 나는 지금 환자이다. 코로나 감염으로 격리 중인데 무엇을 하는 짓인가? 환자답게 가녀린 모습으로 아프다고 하소연을 하는 것이 정상이다. 도로 집어넣고 멍하니 앉았다. 그냥 앉아만 있어도 뇌가 진공 상태가 된다. 이게 휴식일까? 몇 년 만에 양쪽 창문 다 열어젖히고 바람의 감촉을 느꼈다. 매미는 대문 앞 대추나무에 열 시가 가까워지면 '지이잉잉' 우렁차게 울고 사라진다. 참새도 '적적적'인지 '잭잭잭'인지 청각의 능력이 부실하다. 작은 돌 틈에 간당간당 목숨을 부지하던 풍란도 때에 어김없이 꽃을 피웠다. 무화과도 내가 매일 먹을 만큼 익어간다. 텃밭 잡초도 밀림을 이뤄 간다. 바쁘다고 다 놓치고 지날 일상이 내 감각을 깨운다. 사흘째, 콧물 사라지고 목이 침 삼키기 두려울 정도로 아프기 시작했다. 소금으로 양치와 가글했다. 특히 새벽에는 더 심했다. 밥 먹기가 싫어지니 왠지 '퀭'하다. 움직여야 덜 아플 것 같았다. 궤 속에 잠자던 광목과 일가친지 조문에 모아둔 베 수건을 꺼내 한 번 빨아 풀기 없애고 종일 시침질했다. 조각들 꿰매니 여름 이불로 손색이 없을 것 같았다. 풋감 조금 수확해 방망이로 두둘겨 양파망에 담아 물을 짜냈다. 감물이 모자란 듯했지만 물을 좀 더 희석하여 조물조물 한참을 비벼 옥상에 널었다. 이제 몇 번을 물 적시며 햇살과 바람에 바래지면 빛 고운 갈색 이불이 탄생될 전망이다. 감사하게도 바람이 건들건들 놀러 준다. 가끔 소나기도 지난다. 직장 동료가 과일 챙겨다 주고, 친구가 일주일 간식을 골고루 챙겨 주었다. 동생은 맛있는 음식을 주문해 먹으라며 돈을 보내왔다. 오늘 저녁은 전복 삼계탕을 주문해 몸보신할 계획이다.

행복과 불행은 일종의 에너지 현상이다. 자신이 불행한 상태에 있다고 인지했다면 그 상태에 계속 머물러 있을 것인지, 에너지를 바꿔 행복을 창조할 것인지 자신이 선택에 달려 있다. 기분이 좋아지는 일을 해야 한다. 만사 귀찮다고 내버려 두면 더 침몰하고 만다.

산보 겸 과수원에 들렸다가 기겁했다. 잡풀과 넝쿨이 나무까지 점령하고 있었다. 당분간은 못 본 체할 것이다. 누군가는 힘이 부칠 때에 힘든 일 하라고 했지만 기력을 회복한 다음 하겠다.

이제 남은 격리 기간에 '좌선'을 해 보고 싶다. 중창에 엉덩이 아프도록 걸터앉아 넋을 놓았으니 바닥에 반가부좌해 마음을 들여다 봐야겠다. 코로나-19로 말미암아 내가 좀 더 지혜로워지고 너그러워져 있으면 좋겠다.

타인과 더불어 잘 사는 중년을 만들고 싶다.

어머니의 미소

일 년 계획서에 어머니 모시고 여행 가는 일이 포함되어 있다. 어머니가 외출을 좋아하시기에 나름 효도의 명분을 앞세워 자매들 부추겨 일을 꾸민다. 국외는 여건이 불리하고 뭍으로 나가지 못하면 도내 일주하는 것으로 진행한다. 올해는 자매들 사건 사고가 일정을 방해해 혼자 끙끙대었다.

어머니는 당뇨가 심해 매일 인슐린 주사를 맞고 달달한 것을 사방에 두고 생활하신다. 몇 달 전에는 손바닥이 굳은살 박인 것처럼 딱딱한 것이 면적을 조금씩 확장해 가며 살살 통증이 느껴진다는 걱정 끝에 병원을 찾았다. 희귀병이긴 하지만 당장 어떻게 되는 것은 아니고 돌아가실 때까지 갖고 가야 할 짐이라는 처방이다. 어머니는 삶에 끌려가시는 분은 아니다. 돌연 불교에서 천주교로 개종해 세례받고 신자가 된 어머니가 속삭이듯 말씀하셨다. "내가 병들고, 죽고, 제사 지내는 수고로움을 자식에게 주고 싶지 않다. 천주교는 모든 것을 알아서 해 주니 얼마나 좋니!" 자식이 한둘도 아니고 무슨 터무니없는 생각과 행동이라고 펄펄 언성을 높였지만 당신이 할 수 있는 일이라고 열심히 주기도문을 읽고 일요일에 늘 성당으로 달려가신다. 포교사인 내가 어머니 개종을 못 막은 엄청난 일이 처음엔 부끄러웠다. 성당 가는 날인 줄 모르고 일요일 친정 발걸음은 허탕이다. 꼭 봐야 할 날은 끈질기게 기다리면 고운 모시 적삼에 땀 송글송글 맺히며 들어서는 모습 보면 은은한 행복함이 보인다. 우리 삶은 행복이 최대의 목표이고 목적이다. 어머니는 그 밭을 일구고 계신 것이다.

해가 바뀌면 나이 많은 사람에게는 한 해가 줄어든다. 어머니 인공관절의 두 다리가 기능을 할 때 힐링이라는 것이 어떤 기분인지 느껴야 한다. 어머니와 그 지방의 맛있는 음식을 나눠 먹고, 손잡고 천천히 걷고, 서로 바라보며 대화하며 소통한다는 느낌을 갖고 싶었다.

여름 끝자락, 가을장마 예보가 진을 쳤지만 강행했다. 월요일 휴가 내고 일요일 아침 완도행 쾌속정은 한 시간 이십 분 만에 여행임을 실감케 했다. 강진 무위사로 Tmap를 작동시켰으나 비 탓인지 장흥까지 진입해 우드랜드에 도착하니 비가 장대가 되었다. 우산 쓰고 조금만 걷자는 내 제의를 싹 무시하고서 된 것이니 다른 데 가자고 차에서 꿈쩍 안 하신다. 길치에 폭우까지 운전은 여행이 아니라 지옥이었다. 짜증의 화살은 어머니에게 날아갔고 어머니는 아무 말씀 없으셨다. 어둑해졌고 빗발은 가늘어졌다. 무위사는 적막강산을 실감 나게 했다. 어머니는 당뇨에 비 맞아 감기 걸리면 치명타라 자고 있을 테니 오래 보고 오라 하신다. 어둠의 산자락에 홀로 무슨 비운의 여인처럼 일주문을 들어설 수 있을까? 야속했다. 몇 번을 응석과 앙탈을 부리다가 나섰다. 간결한 것의 아름다움이 느껴지는 소박한 절집에 초가을 비가 촉촉이 처연하고도 스산하게 다가섰다. 이런 모습과 느낌을 어머니랑 나누고 싶었다. 꽃 창살문의 아름다움을 보여 드리고 싶었다. 극락보전 앞을 서성이다가 내려오는데 들어서는 어머니와 만났다. 관찰보다는 애정이, 애정보다는 실천이, 실천보다는 입장이 더 중요하다는 입장의 동일함이 관계의 최고임을 조금은 알 수 있을 것 같았다. 어머니와 나는 어긋나는 행동과 말이 있어도 결국은 모녀이다.

월요일, 청자박물관 장보고박물관. 해양박물관 모두 휴관이다. 완도 전복요리 가격 대비 형편없었다. 완도타워를 끝으로 일박 이일 여행은 마감되었다.

너무 심심하다. 간이 형편없었다. 돌아오는 배에서 참 한심한 여행이라고 질책하고 있었다. 어머니를 잘 모시지 못한 후회가 막 밀려왔다.

차에서 내리면서 어머니가 나를 안아 주신다. "함께 바람을 쐬고 비를 만나고 밥을 먹은 것이 아주 좋은 여행이었어. 고맙다 내 딸!"이라고 환하게 웃어 주셨다.

화가 이숙희

2
자 연

가을 여자이고 싶다

10월 하늘이 예뻐서 자꾸 올려다본다. 아마 하늘을 닮고 싶은 욕심이 그렇게 나를 채근하는가 보다. 여름은 헉헉대느라 생각이나 행동이 진중하지 못하다. 늘 제풀에 지쳐 나동그라지고 만다. 가을볕에 해바라기가 고개를 쳐들다 지쳐 잠들자 이웃한 코스모스가 바람에 살랑이며 놀자고 간지럼을 태운다. 여름엔 덥다고 마당 탁자를 거들떠보지도 않다가 요즘 남편과 나는 시시때때로 차를 마시고 밥을 먹고 책을 읽다가 집중이 안 되면 멍도 때린다. 별로 대화가 없는 부부가 말이 많아졌다. 피고 지기를 열심히 하는 채송화도 탁자에 모시니 대화를 거든다. 25평에 서른일곱 해를 살고 40평 마당 넓은 집으로 오니 가을이 더 살갑다. 마당 오른쪽엔 10척은 됨직한 해바라기가 피고, 왼쪽엔 3월 중순에 코스모스를 파종했더니 초여름에 꽃이 피어 씨가 발아해 가을에 또 만발했다.

가을은 에고의 창고가 비어지고 내가 넓어지며 세상은 눈이 부셔진다. 삶이 힘이 들 때 소리 내어 읽던 경전의 소리가 한층 맑아진다. 육십의 중반까지 왔는데 어수룩하고 철없다. 하지만 유독 가을은 왠지 총명해진다. 가을 햇살이 더 독하여 고추도 매워지고 과육의 맛도 깊어진다. 그 독한 햇살을 받으며 조곤조곤 말을 건네는 들꽃이 풍성한 들길을 휴일엔 혼자 걷고 싶다. 가을 나무를 보면 해탈을 하고 수행을 떠나는 부처님 보는 것 같다. 비우고 채우는 일, 나를 제대로 바라볼 수 있는 자존감이 그나마 상승세를 타는 때가 가을이다. 사방이 진리이다. 따지고 보면 세상은 진리의 말씀이 없어서 어두운 적은 한 번도 없었다. 스스로 옭아매 힘들다 하고 웃음을 인색하게 하며 살아가고 있다.

경전을 읽으며 마음을 다스리려고 하는데 더 오만 가지가 끓어오르고 머리가 복잡해진다. 지금 무엇을 하고 있을까? 어처구니가 없어 헛웃음이 나올 때 그냥 책을 덮고 밖으로 나올 생각을 할 수 있는 때도 가을이다.

가을 쪽파와 겨울을 대비한 월동 무와 시금치를 파종하였다. 비가 하루만 보슬보슬 내려 주면 참 고맙겠는데 하다가 감귤을 보며 괜히 미안해져 어루만지며 아부를 떨었다. 비가 많았던 여름을 지나 볕 좋은 날에 달콤한 과육을 잘 만들어 달라고 했다.

올봄, 내가 다니는 절 스님과 합창단원들로부터 상처를 받았다. 나무에 오르라고 모두 받쳐주다가 겨우 올랐는데 흔들어 버리면 버티지 못하고 곤두박질한다. 필요한 때에 쓰다가 쓸모가 없으면 언제 필요했느냐 싶게 버려진 기분이 들었다. 스스로 연민이 지나친 것인지 상처가 아물 때까지 약은 안 바르고 싸매고만 있고 싶었다. 감정은 얼마 후 사라질 물거품 같아 움켜쥐지 않고 흘러가게만 놓으면 필요 없는 에너지는 소진되지 않는다는 것을 이 가을에 알고 몇 달 만에 절 문턱을 넘어 부처님 앞에 예를 올렸다. 부처님은 여전히 그 자리인데 혼자 끙끙 앓은 것이다.

눈빛과 낯빛에 감동을 담아 가을이고 싶다. 성질이 급하여 담담하지 못한 화를 다스려 차분하게 만들고 싶다. 멋지고 당당하고 아름다운 사람이 되려면 자연과 닮은 가을 여자가 되는 것이 남은 과제이다. 시월의 가을이 익어간다.

가을은 나를 고요함으로 이끌어 간다. 자연이 주는 선물이다. 나의 맑음이 두루 퍼져 나로 말미암아 이웃에게 상처가 아닌 치유를 주고 싶다.

무엇이 세상에서 이렇게 눈부실까? 가을이 주는 결실이다. 뿌린 대로 거두는 당연한 진리 앞에 마음의 섶을 여미는 내가 익어가는 가을이다.

감귤나무밭은 우주다

경칩을 기다렸다는 듯이 마음이 먼저 밭으로 달려갔다.

3월의 주말은 잔치로 가득하다. 휴가를 내어 나무를 심어야 하는데 걸리는 것이 많다. 동해 받는 과수원이라 수지병으로 썩어 고사 되는 숫자가 많아져 감귤나무로 도열 되어야 할 밭이 운동장이 되었다. 덕분에 들꽃이 의기양양 신나게 평수를 늘리며 점령해 나갔다.

제비꽃, 광대나물, 민들레, 보리뺑이, 방동사니, 개불알풀, 개망초, 금창초, 밭둑외풀, 주름잎, 괭이밥, 쇠별꽃, 양지꽃, 괴불주머니, 현호색, 개구리발톱, 냉이꽃, 살갈퀴, 장딸기 등 심지어 작은 돌멩이를 들추니 수십 마리 콩벌레가 서식하고 있었다. 거름 주고 아직 발효되지 않아서 서귀포시 똥파리는 다 집합해 윙윙거리며 집단 시위하는 것 같다. 감귤나무는 깍지벌레가 점령해 승리의 깃발을 세워 놓은 지 오래된 모양이다. 산에 익숙한 딱따구리도 아랫마을 기웃거려 죽어가는 삼나무 속을 헤집으며 '딱딱딱' 텃새처럼 요란하다.

처음엔 형형색색의 들꽃을 보고 감탄을 퍼부었다. 사람들에게 멋진 광경을 보여 주고 싶어 안달했다. 환경교실에서 아이들에게 학습장으로 사용하면 딱 좋겠다는 엉뚱한 생각까지 들었다.

그런데 감귤나무밭이다. 온갖 들풀과 벌레의 천국이 아니라 감귤나무가 우세해 살아남아 달콤한 과육을 여물게 해야 한다. 운동장을 감귤나무밭으로 만들어야 하지 않겠는가 말이다. 감귤나무에게 형제, 자매를 만들어 줘야 수런거리고 깔깔거리며 바람 이야기, 벌레, 꽃 이야기 나누며 즐겁게 꽃을 피우면 맛있는 열매가 탄생할 것이 아닌가 싶다. 들꽃과 콩벌레의 터전을 없애고 오십여 군데 구덩이 파 3년생 나무를 심었다. 물을 흠뻑 주고 주위 잡초와 벌레들에게 얼씬도 하지 말라고 엄포를 놓았다.

다음은 전정이다. 가지치기해 나무를 정리해 줘야 햇볕도 잘 들이고 병충해에게도 덜 공격 받는다. 작년 큰 나무만 자르고 잔가지는 덜 정리했더니 현실 세계는 냉정했다. 도장지가 들쭉날쭉, 음습한 곳에 애벌레들이 가득 진을 쳤다. 농사꾼이 되어 보겠다고 농학과를 졸업하고 농사지은 지 40여 년이 돼 가는데 전정을 해 놓고 마음에 안 차 고개를 기웃거리며 '잘라, 말아' 갈등한다. 아무래도 전문가를 모셔 전정해야 효율적일 것 같았다. 적기에 전정을 마무리해야 한다. 벌써 꽃봉오리가 봉긋하게 얼굴 내민 성질 급한 녀석들도 많다. 시간 절약이다. 주말 내내 매달려야 하고 출퇴근 조각 시간 내어 밭으로 달려야 한다.

한군데 몰두 못 하고 퇴근하면 잡다한 일들이 줄줄이 소시지가 돼 있다. 일손 모셔와 하루 반만에 일천이백 평을 거뜬하게 했다. 전정 가지 줍느라 휴가도 냈다.

우주의 질서는 냉혹하다. 천적을 이용해 벌레 퇴치는 불가능해졌다. 벌레의 먹성이 얼마나 좋은지 매일같이 쏠고, 빨고, 갉고, 갈아 식물의 노고를 찢어발긴다. 인간이 농약으로 맞대응해도 그들은 내성을 견고히 하며 살아남는다. 자연은 대답을 내놓지 않는다. 자연은 아무런 도덕적 지침도 내려주지 않는다. 자연은 우리의 선 긋기 욕망에 부응하지 않는다. 누구는 나무를 보지 말고 숲을 볼 줄 알아야 한다고 한다. 나는 감히 감귤나무밭에서 우주를 보고 싶다. 그것이 잠깐이어도 가슴을 설레게 한다. 새와 거미가 보이거든 감사의 두 손을 모으고 싶다.

고사리愛

　사월은 내게 설렘의 달이다.

　한반도 야산이면 어디에서나 볼 수 있는 고사리는 4월이 절정이다. 꺾어 놓기 편안하게 앞치마를 이용해 고사리 주머니 만들고 못 신는 양말 잘라 토시도 마련해 집을 나서기만 하면 완벽하다. 올해, 윤사월이 있어서일까? 아니면 지난겨울이 너무 따뜻하여서일까? 어른들은 절기를 헤아리며 일을 도모한다. 삼한사온이 뚜렷하던 옛날에 여름은 햇살이 뜨겁게 내려야 곡식이 튼실하고, 겨울은 혹독한 추위가 있어야 병충해도 사라지고 땅속 식물도 기약이 분명하다. 남들보다 일찍 햇고사리 맛을 본다고 식목일에 '넙작지' 찾았다가 허탕 치고 간식만 맛나게 먹고 왔다. 고사리 꺾기는 동행이 필요하다. 마음 같아선 매일 운동하는 셈 치고 넙작지를 오르고 싶은데 혼자 가는 것은 '나 잡아가세요.'라고 광고하는 메시지다.

　오만가지 생각과 복잡한 감정으로 머리가 어지럽고 집중하지 못할 때 산으로 가 고사리를 꺾어 보면 알게 된다. 새벽 5시의 어둠을 헤치고 이슬 가득한 풀밭을 걸을 때의 상쾌함과 감사함은 저절로 스며든다. 허리를 굽혀 두세 개를 동시에 획득할 수 있을 때는 '감사합니다. 부처님 정말 감사합니다.'라고 탄성이 나오고 만다. 요즘 고사리 한 개에 사람 하나인데 신의 가호가 깃들지 않고서는 그런 횡재가 있을 수 없다. 사소한 것일지라도 고사리 꺾는 순간은 고사리가 최고이다. 다섯 번의 제사와 두 번 명절의 필수 '탕시' 마련은 한 집안의 큰며느리 임무 수행해야 할 절대적 과제이다. '고사리 탕시'를 넉넉하게 마련해 싸주기까지 하면 손 큰 좋은(?) 사람 되고 알맞게 마련해서는 인색한 사람이 되어버린다. 내가 할 수 있는 몇 안 되는 그 일에 최선을 다하고 싶은 마음이 더하여 여분의 고사리까지 마련해야 안심이 된다. 지난 일요일에는 우리 절 일 년 쓸 탕시 마련을 위하여 합창단에서 울력하였다. 부처님 일이라서인지 굵고 보드라운 녀석들이 한꺼번에 몇 개씩 획득할 수 있는 장소에서 채취할 수 있었다. 고사리 일에 부처님 가피를 운운하는 가벼운 마음을 기쁘게 받아 주실 것 같았다. 몇몇이 절에 가 씻고 삶아 널어놓으며 햇살만큼이나 마음도 창창하였다.

고사리는 차갑다는 단점 외에 장점이 많은 식물이다. 베타카로틴, 칼슘, 철분, 비타민, 엽산, 칼륨, 무기질 등 피부 미용과 노화 방지에 효능 있고, 골다공증 예방에 도움을 준다. 요즘 미세먼지로 민감한데 노폐물과 나트륨 배출, 혈압의 수치도 낮춰 준다는 고사리를 엄청 고마워해야 할 일이다. 끓는 물에 소금 넣고 10분 정도 가열해 물에 담가 독소를 빼야 하는 번거로움이 있지만 맛나고 영양 가득한 음식을 먹는데 그 정도 수고는 당연하다. 돼지고기와 천생 궁합이다. 고기 구워 먹을 때 곁들여 먹으면 쫄깃쫄깃 식감 좋고 맛이 일품이다.

이 봄은 봄이 아닌 것 같다. 촉촉한 비와 따사롭고 풍요로워야 하는데 매일 설레는 마음을 가로막는 꽃샘바람이 매섭고 살벌하다. 싹을 틔우던 고사리가 기겁해 얼어 죽기도 하고 무서워 땅속에서 나올 생각을 안 한다. 차고 이우는 자연 앞에 투정 부려 보지만 자연은 냉정하다.

어떤 사람은 낫질할 때 풀 베는 소리와 흐르는 땀, 손에 전해져 오는 감각들로 명상과 힐링이 된다고 한다. 나는 산을 쏘다니고 고사리 찾아 가시덤불, 억새 속을 주저 없이 들어가 긁힘 따위는 안중에 없이 몰두할 때 집중력과 성취감이 명상이고 힐링이다. 꿈자리에서 무수히 돋아난 고사리를 먼저 꺾으려고 허둥대다 나동그라지며 산을 몇 번을 넘어야 사월이 지난다.

꽃을 품은 과일

우주의 모든 것은 영혼의 창을 가지고 있다.

네가 누구이며, 네가 사랑하는 것이 무엇인지, 네 삶의 소리에 귀 기울이며 네가 평생 하게 될 일이 무엇인지, 그리고 네 삶이 어디로 부르고 있는지 우주의 소리에 마음을 열어야 한다.

표면은 휴식하는 것처럼 보이지만 내년을 준비하기 위하여 모든 것을 내려놓고 빈 나무로 서서 겨울을 이길 준비이다. 아주 사랑스럽게 "잠깐이라도 휴식해!"라고 속삭이며 나무를 안아 주었다.

이옥자 '꽃을 품은 과일' 중에서

도래물(회수)

공휴일, 여름비가 촉촉하다.

예전 같으면 이런 날은 신으로부터 축복받은 날이다. 공휴일에 밭일 못 할 정도의 젖음으로 늦잠, 풀호박부침개, 동네 아이들과 숨바꼭질로 천국행이다.

이제 시집와 사십 년, 공휴일에 비가 오면 애가 탄다. 과수원을 겸업하는 반은 농부라 병충해 방제 시기를 놓치게 된다.

머그잔에 차 담고 마당에 앉아 옛날 우리 집을 그려본다. 마당에 보릿짚 깐 위로 햇살이 반짝반짝 부서지며 우리가 뛰어다니면 바스락바스락 낙엽 밟는 소리가 났다. 도래물은 중산간에 속하는 한라산 아랫마을이다. 축산업이 많아 잘사는 산촌이었다. 다만 물이 귀해 학교 다녀오면 항아리에 물부터 채우는 것이 우리 자매들의 소임이었다. 작은 허벅을 너무 깨먹어 나중에는 물통을 질빵으로 날랐다. 공동 수도 들어오기 전 하원과 경계에 있는 '동시물'마을 전체의 공동 수도였다. 몇 번 왕복은 고행이었다. 그때는 지옥, 지금은 천국이다. 어릴 적 단련된 절약의 습관으로 지금 대야에 물 받고 머리 감고, 목욕하고 빨래를 한다.

1반부터 10반까지 반별 운영이 잘 되었던 마을은 새마을 운동으로 출력이 잦았다. 나는 기꺼이 바쁜 부모님 대신 주말과 방학에 회관을 짓고 아스팔트를 깔고 반별 공동 수도 만드는 일에 동원되었다. 한라산만큼 높았던 소남동산 바로 아랫집 '굴왓집'이 우리 집이다. 동산 위 할머니집 심부름 다녀오면 산을 오른 듯 헉헉거렸다. 중학생 시절 그 동산을 깎아 아스팔트를 깔았다. 거뜬히 오르락 하는 동산을 보며 격세지감을 실감한다.

학교는 중문에 다녔다. 인구수가 300명 정도이었다. 지금은 외지인이 많이 들어와 500여 명 되는 것으로 안다. 학교가 없는 마을에서 학교까지 2km가 넘는 길을 걷고 뛰었다. 어머니는 꼭두새벽에 일터로 가시면서 동생들 챙겨 가라고 으름장 놓으셨다. 욕먹기 싫어 함께 가느라 늘 지각생이었다. 혼자 가면 달리고 빨리 걷고 20분이면 도착인데 이것저것 살필 것이 많은 동생들은 거의 한 시간 수준이었다. 그 야속한 세월이 너무 더디어 빨리 어른이 되고 싶었다.

신은 공평하다. 퇴행성 관절염 없이 주말마다 가고 싶은 오름을 오른다. 단련된 체력이 세상일은 공짜가 없음을 알려 준다.

남폿불에서 전등이 켜지고 용천수에서 공동 수도 거쳐 집 안 곳곳에 물이 콸콸 쏟아진다. 도래물이 무색해졌다. 걸어서 학교 가는 아이는 아무도 없다. 동네 팽나무 아래 아지트를 만들어 담배를 피우고 술잔을 기울이던 노인들도 다 떠났다. 시니어 일자리 창출로 젊은이들보다 더 바쁜 노인들은 각자의 삶으로 각자를 꿈꾼다. 우리 할아버지가 곰방대 물고 소남동산에 앉아 오가는 동네 사람들로부터 인사를 받던 70년대는 새마을 운동과 함께 사라졌다.

제사떡을 나르고 특별한 음식이 생기면 나눠 먹던 이웃도 찾아보기 힘들다. 곤밥(흰쌀밥)은 제사 때, 명절 때나 먹을 수 있는 귀한 음식이라 자정 넘어 집에 온 한 사발의 밥을 먹기 위하여 단잠은 감수할 수밖에 없었다.

중산간 마을 회수는 이제 감귤하우스가 대세이다. 돈사도 제법 있다. 60년대는 소를 기르는 일이 주 종목이었다. 아버지가 농고를 나오셔서 축산업을 하셨다.

봄부터 가을까지 방목했다가 겨울 오기 전에 작은아버지와 쌀과 된장만 짊어지고 며칠씩 산에 살면서 소를 찾아 몰고 오셨다. 그런 아버지가 너무 자랑스러웠다. 땡볕에 허리가 휘어지게 소먹이에 잡풀 베어 내는 일, 소똥을 줍는 일, 겨울에 소 물 먹이러 가고 시간 맞춰 먹이를 주며 불행하다고 느꼈던 어린 시절이 그립다. 아버지는 시집갈 때 밑천으로 소를 주신다고 호언장담하시고 소값 폭락으로 목장 팔아도 모자라 소를 파셨다. 그래도 아버지는 때를 기다리셨다.

내가 사는 상효와는 30분 거리라 자주 들락거리게 된다. 요즘은 시간이 생기면 동네를 기웃거린다. '앞동산, 남정문, 북정문, 일레샘, 송집골목, 동동네, 섯동네, 앞거리, 망운대, 홍이동산, 소남동산'에 내 기억을 소환해 풀풀 웃어 본다. '남당집, 굴왓집, 날레집, 알력거리, 예촌집, 통체집' 떡을 나르던 이웃집의 이름들이다.

정서적으로 여유롭고 조화로운 사람 멋과 풍류를 조금이라도 알고 즐길 수 있는 것은 도래물 내 고향 덕분이다. 몸과 마음에 내재한 감각을 깨워 혼자 있을 때는 자신과 잘 놀고 함께 있을 때는 어울려 놀 줄 알게 해 주었다. 체험하지 않으면 사유할 수가 없다.

40년째 생활하는 상효보다 20년을 산 고향이 더 정겹다. 곳곳을 터치하면 내 안의 시인이 살고 있어 시가 된다.

덩드렁마께

추석 전, 선산에 풀 베러 간 김에 시어머니께 용도 변경을 신청했다.

무슨 심사이었을까?

시퍼렇게 활동하시던 70대 말 볕 좋은 가을날 콩을 두드리다 말고 "덩드렁마께는 큰 며느리 줘사키여! 난 시집왕 살멍 족숟가락 호나 물려받지 못 행 살아도 잘만 살아졈져."라고 하셨다. 감사하다는 인사를 할 수가 없을 만큼 황당하였다. 콩장만을 마무리하고 자연스럽게 우리 집으로 온 덩드렁마께(농사용 방망이)는 보일러실 구석진 자리에 몇 년을 묵었다.

80대 초 교통사고로 7여 년을 누워계시다가 유언이 무엇인지도 모르고 돌아가셨다. 그 많은 굴무기(멀구슬나무)궤, 사옥이(벚나무)궤는 따님들에게 가고 며느리들은 훗날 물려주신다는 언약만 하셨다.

넉넉한 나이 덕분인가 싶다. 상처는 치유의 흔적으로, 내게서 떠나는 것에 집착하지 않고 내게 있는 것, 내게로 오는 것에 감사하는 법을 알게 된 것이다. 인생의 빛과 어둠이 녹아든 양만큼 적절한 빛깔과 향기를 띠는 것인가 보다. 평범한 것들의 가치를 인식하면, 지금껏 알지 못했던 여러 가지 깨달음을 얻게 되는 모양이다.

메밀 농사를 짓고 무엇으로 타작을 해야 하나 별별 궁리를 다 하다가 보일러 구석에 묵고 있는 마께가 떠올랐다. 아주 요긴하게 쓰였다. 타작을 하며 시어머니께 죄송하였다. 그때의 내 심뽀가 콩알만 해 '이런 것을 왜 물려주는 것일까?'라며 너무 야속하고 서글펐다. 평생 메밀과 콩 타작이나 하며 살라는 눈에 보이는 메시지 같았다.

타닥타닥 마른 가지가 부서지며 나오는 메밀을 보며 신이 났다. 내가 가꾼 메밀로 빙떡을 만들고, 묵을 쑤고, 수제비를 할 생각에 으쓱하였다. 껍질은 아들의 베개를 만들어야겠다고 마음먹었다.

그런데 마음으로 끝이 났다. 애물단지가 되고 말았다. 도정 가능한 방앗간이 서귀포에 없었다. 제주시 한 군데 있기는 하지만 일부러 작정하고 가야 하는데 날만 넘기며 창고에 잠을 자고 있다. 마께 쓸 일을 찾았다. 약이 된다는 검정콩을 어렵게 심어 수확해 마당에 며칠 볕쪼여 바삭해지자 모아 놓고 타작했다. 콩알이 튕겨져 나오며 검정 알들이 쌓여 갔다. 시할머니가 물려주신 되악새기로 쭉정이들을 불리자 반짝반짝 검정콩이 탄생하였다. 순전히 덩드렁마께 공이다. 예순 중반에 며느리가 어설프게 콩 타작을 하는 것을 보셨다면 무엇이라고 하셨을까? 칭찬에 인색하시고 늘 비교로 며느리에게 스트레스를 주셨던 시어머니인데 몹시 그립다.

마음이 원래부터 없는 사람은 바보이고 가진 마음을 버릴 줄 알면 된 사람이다. 비뚤어진 마음을 바로잡고 당당한 며느리 모습을 조금이라도 보여드릴 수 있다면 참 좋겠다. 꾸준함을 이길 재주는 없다고 했지만 이제 메밀도 콩도 그만할 생각이다. 마침 빨랫방망이가 부러져 덩드렁마께를 임시방편으로 사용해 보니 듬직한 것이 옷의 구정물이 확확 빠져나가는 모양새다.

덩드렁마께는 빨랫방망이가 되었다. 잘 간직했다가 며느리에게 물려줄까 잠시 고민했었다. 우리 며느리에게는 아무리 설명해도 무용지물이겠다 싶었다.

내가 열심히 사용하면 용도 변경을 해도 흔쾌히 "줘 부러신디 임재가 알앙 허는거여."라고 주인이 알아서 잘 쓰면 된다고 하실 것이다. 시어머니가 물려주시지 않아도 많은 것을 갖고 사용하고 있다. 특히 조각보, 삼베옷, 가방, 장신구를 즐겨 사용하고 있다. 나도 모르게 시어머니를 닮아가고 있음을 알 수가 있다. 제사, 명절에 삼베옷을 입고 음식에 조각보를 덮고 옛날 놋그릇을 사용한다. 시어머니 돌아가시며 영혼을 달래는 굿을 하며 유품은 모두 태우도록 했다. 적당히 태우고 집 안 곳곳에 두고 사용하며 왠지 평안하여진다.

무엇인가를 갖는다는 것은 다른 한편 무엇인가에 얽매인다는 뜻이다. 부지런에 재주가 좋으시며 적극적이셨던 시어머니를 은연중에 닮고 싶어 하는지도 모르겠다. 물건들도 사유가 깃들어 있으리라 여겨진다.

시어머니가 왜? 큰며느리만 미워하시나 속상했던 지난날들이 언제인가 싶다.

가신 지 꽤 지났지만 곳곳에 시어머니 물이 잔뜩 들어 있다.

대프리카를 느끼다

　불교에서 수행의 기본은 수식관 즉 들숨과 날숨을 잘 다스리는 것
이라 하였다. 요즘처럼 40℃를 향해 달리는 더위를 잘 이겨 내는 일은
수행이다. 기본이 갖춰져 있는 사람은 여름나기가 조금은 수월하지
않을까 싶다.

　사무실에서 준비한 '소확행(소소하지만 확실한 행복)'의 기회를 잡
고 문화 예술의 도시로 갔다. 대구 인근의 더위는 소백산을 넘으며 따
뜻한 기운이 첨가되고 팔공산을 한 번 더 넘으면 그야말로 플러스알
파가 되어 가마솥더위를 만들어 낸다. 우리가 보고 있는 것은 단지 껍
데기에 불과하다. 마음이 즐거우면 더위는 기분 좋게 날릴 수 있는 것
이라 여겼다. 1박 2일의 '사회적경제박람회'는 사회적 가치 실현과 지
역 혁신을 위한 나름의 방향이었다. '사회적 경제 내일을 열다.'의 첫
날 대구 엑스코의 하루는 '기록하는 인류는 미래를 꿈꾼다.'라고 잘난
체하며 '언제, 어디서, 누가, 무엇을, 왜, 어떻게'에 대한 기록의 목소리
를 키우며 부스마다 정성을 다해 질문하고 체험하며 셔터를 눌렀다.
그리고 회사를 위하여, 우리를 위하여 으쓱하였다. 저녁에도 일행은
2, 3차 계획으로 술렁이는데 맥주 두어 잔으로 마음 달래고 호텔에 가
내일의 여정을 위하여 기운을 충전하였다.

과도하고 부정적인 생각과 행동은 마음속에서 신경질적인 반응을 일으키고 피로의 독소를 만들어 우리 몸 안의 구석구석까지 퍼뜨린다. 마음은 보이는 몸을 통해 나타나고 몸은 유기적으로 소통하고 있다는 것을 조금은 알 수 있다. 잔뜩 힘을 준 몸을 풀어 에너지 상태부터 바꿔 놓아야 한다. 사람들은 노동량에 피로를 느끼기보다 불필요한 생각과 풀지 못한 감정들로 에너지를 낭비할 때가 더 많다.

　이튿날, 이상화 선생님 고택이 있는 골목길 투어에 나섰다. 기미 독립선언보다 앞서 만세운동이 결집되었던 곳. 개혁의 물꼬를 트고 근대화 물결이 넘실거리던 선지식들의 땅 대구는 우리처럼 더위에 설레발놓지 않았다. 맑은 심신으로 눈과 코와 귀로 음미하고 스며드는 그 어떤 것들을 느껴보고 싶었다. 아프리카의 더위를 방불케 하는 대구라 '대프리카'라고 한다는 골목길 안내 선생님의 말씀은 아카시아나무 아래서는 들을 만하였다. 11시가 되면서 맛을 보여 주겠다는 작정인지 37℃를 치고 오르며 발자국 내딛기가 귀찮아졌다. 데워지고 있다는 느낌을 받았다. 즐겁게 나선 마음은 온데간데없이 사라지고 귀차니즘에 빠지고 있었다. 그런데 골목길 벗어나는 길목에 '대구치맥 페스티벌' 현수막이 눈에 들어왔다. 창조를 잘하는 뇌를 가진 어느 대구인이 폭염을 축제 열기로 날려버릴 수 있는 당찬 기획을 실행에 옮긴 것 같아 청량한 바람이 몸을 스치는 것 같았다. 치킨과 맥주로 거기에 음악과 춤을 곁들여 귀찮고 짜증 나는 더위를 행복 지수로 높이겠다는 창조적 발상이다. 폭염은 우리가 지구를 잘 사용하지 못해서 아프다고 말을 걸어오는 자연스러운 모습이다. 편한 만큼 고난과 위험이 언제 닥칠지 모르는 환경이 되어가고 있다. 우리는 덥다고 일을 미루고 에어컨과 선풍기에 의지하여 삼복이 지나가길 바라지 말아야 한다. 상황을 여유롭고 유쾌하게 즐기도록 해야 한다.

수련을 하고 깨달으려는 이유는 영혼이 밝게 빛나도록 마음의 힘을 키우기 위해서라고 본다. 덩달아 몸도 환하게 깨어난다.

대프리카는 나에게 아름다운 영적 몸매를 가꾸고 근육을 기르기 위한 헬스장 티켓이었다.

물들어 봄

　봄비 그친 날 햇살 아래 나뭇잎으로 나온 무당벌레 한 마리의 아름다운 수작이 달짝지근하다.

　그런네, 웬걸 며칠 봄 없이 여름인가 싶을 정도로 날이 더워 서둘러 겨울옷 철수하고 얇은 옷과 이불을 들였다. 목련 떠나고 벚꽃과 유채꽃이 마음을 흔들어 만지던 4월 속에 난데없이 눈발이 펄펄 날리고 매운바람이 우주를 식겁하게 만들었다. 변덕쟁이 날씨 덕분에 한 달여 감기가 착 달라붙어 안이비설신의를 지옥 속에 두게 하였다. 나뿐만 아니라 병원은 감기 환자로 문전성시를 이룬 지 겨울 내내라는데, 솔바람과 따사로운 햇살이 모두 그지없이 고마웠던 며칠이 아니었던가? 날씨가 돈키호테 같은 모험을 하자는 것인가? 게으른 나는 새벽 찬바람 때문에 기침이 기승을 부리는 것이라 억지 치장했다. 천일기도에 동참해 놓고 며칠 부지런 떨다가 미루었다. 칼바람만 떠나면 싱그러운 새벽 공기를 가르며 열심히 정진해야겠다는 다짐은 마음만 하고 있었던 모양이다.

　무술년 봄! 무엇이든지 시작하면 술술 잘 풀린다는 이웃의 덕담이 쌓여 계획만 풍선처럼 부풀어 올랐다. 책을 몇 권 들였다. 손닿는 곳에 두고 시시때때 읽고 밑줄 그으며 혼자 잘난 체했다. '그래 지금 아주

멋있어! 다섯 권 책을 섭렵하며 봄을 보내야 제대로 몰드는 것이야'
'주말엔 들길을 걷자. 밴댕이가 된 속을 다 털어 내자.' '작은아들을 위
하여 기도해야지. 몇 년을 큰아들에게만 집중하였으니 지훈이와 길을
걷고 이야기 나누며 삶을 공유해야겠다.'라는 것들이 한 달도 아닌 며
칠이었다. 책도 어느 날 구석으로 밀려나 있고 머체왓 숲길 다녀오고
이웃 잔치, 유채꽃 자원봉사, 감귤밭 비료 등등 이유가 다양해지며 술
술 잘 풀리게 해야 할 계획들을 가두고 있었다.

　모든 것은 때가 있는 법이다. 농업도 때를 놓치지 말아야 제대로 수
확할 수 있듯이 사람도 마찬가지일 것이다. 하지만 조급해서는 안 될
것이다. 이 봄 제대로 물들어 보면 참 좋겠지만 천천히 또박또박하려
고 해야 한다. 당장 잘하겠다는 생각보다 지금 할 수 있는 만큼만 하겠
다고 결심하고 실행에 옮기자. 옛 조상들은 소나무 심는 뜻은 바람 들
이기 위함이요. 파초를 심는 뜻은 빗방울 듣기 위함이라 하였다. 때와
때 사이를 알고 곳과 곳 사이를 알고 사람과 사람 사이를 알아 심신에
들이면 저절로 계절이 물들지 말라 하여도 물이 들지 않을까 한다. 삶
이 보다 더 만족스럽고 완전해지기 위해서 가장 가까이 있는 내 남편,
아들을 힘껏 안아 주며 보듬어야겠다. 행복은 만드는 것이다. 때 된 것
들의 만남, 그것은 저절로 향기가 낭자하다.

사월은

    새벽 신선한 공기를 맡아 본 것이 언제이었던가? 아침 이슬 스치며 들판을 걸어 본 적이 언제이었던가? 가까이 두고 사는 것들을 바빠서 보고 느낄 시간이 없었다. 지금 그들을 보러 가자.

    생물체 사이, 자연환경에 가장 잘 적응할 수 있도록 변이된 것만이 남고 이 변이가 축적되어 진화한다. '다윈'의 진화론의 선두주자 고사리를 만나러 여명도 느낄 수 없는 새벽 5시에 나섰다. 벌레 기피제로 도배하고 일행에게도 꼭 뿌리기를 당부하고도 믿을 수 없어 갖고 가 뿌리게 하였다. 진드기는 점점 내성이 강해져 추위에도 풀밭을 누빈다. 누비는 것도 모자라 풀섶에 대기하고 있다가 생물체가 스치기만 하면 잽싸게 올라타 흡혈도 양이 안 차는지 죽음까지 이르게 한다. 당하고 나니 무서워 아무리 고사리가 귀해도 4월을 넘기면 고사리밭으로 눈길도 안 준다. 뾰족뾰족 아기 손 꼼지락거리며 이슬 먹고 있었다. 며칠 전 추위에 올라오다 동사하고 만 고사리도 많이 보인다. 제법 있다. '넙작지'는 넓은 들판이 많고 사람 찾기가 수월하며 고사리가 크고 굵다. 특히 9시까지만 꺾는 곳이라 사람들 입에 오르내리며 인기 절정의 장소이다. 제주의 4월은 고사리 꺾는 사람과 차량으로 중산간이 난리다. 제주의 고사리가 전국 유명세를 타 건고사리를 100근 판 이웃도 있다. 요즘은 이상한 소문에 휩싸이며 고사리 인기가 곤두박질 당하기도 했다. 그러나 남의 말에 너무 귀 기울이지 말아야 한다. 사실 고사리는 비소 등 중금속 물질을 흡수하며 과거에는 고사리 삶은 물을 살충제로 쓰였다고 한다. 유럽과 미국은 독초로 분류해 식용을 금지하게 하고 있단다. 티아민, 비타민 B1 분해 효소인 티아미나아제 함유가 새순에 많으며 발암물질이 함유되어 있다는 것이 학계의 지론이다. 그렇지만 걱정해서는 안 된다. 이런 것들은 생고사리일 때 일이다. 소금물에 삶거나 잿물에 삶기도 했었지만 번거로우니 우리는 끓는 시점부터 10분을 더 삶아 요리하기 전 하룻밤 찬물이나 쌀뜨물에 담가 놓으면 오히려 돼지고기에 궁합이 맞고 비빔밥, 육개장에 고사리가 없으면 '앙꼬 없는 찐빵이다.'

많이 먹으면 비타민 B 결핍증에 걸릴 확률 때문에 각기병이 운운되고 정력이 거론되어 남자들이 진드기보다 더 조심하는 것 같다. 많이 먹을 고사리가 어디 있을까? 귀한 음식이다. 조선왕조실록에 음력 3월 임금에게 진상하는 특산물로 기록되어 있으며 면역력을 높이는 효과와 단백질, 당질, 칼슘, 철분, 무기질이 함유되어 피를 맑게 해 주며 머리를 깨끗하게 해 준다. 파와 마늘을 함께 섭취하면 영양적 보완이 되어 이참에 모두 새벽 마실을 가 보자. 들판에서 이웃과 마시는 차와 냉동고에 묻었던 떡이 얼마나 맛있는지 그 느낌을 알면 제주의 4월 들판은 사람 찾느라 저절로 야단법석이 될 것이다.

귀신을 부르는 음식이라 그런지, 손이 있어 자손을 번창하라는 의미인지 제사에 꼭 필요한 음식이라 일 년에 일곱 번 하는 제사를 책임진 큰 며느리라 필수적으로 고사리를 꺾어와 삶고 말리고 손을 봐 한 번 쓸 만큼 신문지에 싸서 상자에 잘 보관해야 임무를 다하는 기분이 든다, 지난 토요일엔 눈발이 펄펄 내려서 갔다가 그냥 오고 그제 토요일은 비가 너무 와 날씨 탓하다가 나섰다. 사람이 없어 많이 꺾었다. 밤에 꿈속에 무수한 고사리가 돋아나 어제 일요일 새벽 이웃과 산행도 수지가 맞았다. 창창한 햇살에 널어놓고 자꾸 뒤적거렸다. 마음이 부시다. 하늘이 내린 귀한 선물에 대한 올바른 대접을 해야겠다. 강화도 보문사 주지스님께 초파일에 앞서 보내드려야겠다. 눈짐작으로 서 근쯤 되는 고사리를 나누며 무척 기쁘다. 사람도 자연도 행복이 필요하다.

선암사로 가다

여가는 고된 일의 고통에서 잠시 벗어난 자유의 시간이 정신의 성숙을 가능하게 만드는 바탕이다. 즉 자기 성찰의 습관을 길러 가는 일이라는 믿음을 키운다.

하늘을 달리고 뽀송한 새잎을 스쳐오는 맑고 향기로운 바람이 살랑이는 날에 세 자매와 둘째 제부, 제부의 선배 부부 그렇게 여섯 명이 만났다. 선배라는 분은 목발을 의지해야 걸을 수 있는 장애인이었다. 속으로 걱정 반 놀라움 반이었다. 선암사 템플스테이 가는데? 길이 험할 수 있는데, 오래 걸어야 할지도 모르는데 어떻게 행동해야 하는 걸까?

생각도 관리가 필요하다. 약한 생각을 하면 약한 방향으로, 막강한 생각을 하면 막강한 방향으로 흘러가게 된다. 미리 걱정하는 일은 쓸데없는 에너지 낭비다. 즐거운 마음으로 만난 1박 2일의 짧은 여정이다.

광주에서 렌트하고 제부가 운전대를 잡았다. 총명하고 지혜로운 제부가 몸이 아프고 후유증인지 총기가 많이 사라졌다. 운전 내내 우리도 함께 기운을 빼야 했다. 고속도로 이용보다 경치를 즐기고 가자며 국도를 택했는데 좌충우돌 우리 가슴을 콩알로 만들긴 해도 제부의 웃음과 여유로 탄 속을 헹구어 낼 수가 있었다.

곡성 기차마을 지나 메타세쿼이아 가로수 길엔 하늘을 찌를 듯 당당한 나목을 보며 신기해 고개 아플 정도로 쳐다봤다. 미실란 유기농 밥집(폐교)에는 책방, 카페, 영상실이 함께 운영되고 있었다. 환경 서적을 취급하는데 한 권씩 서로 사 주고 느낌을 주고받으며 주도한 제부가 한없이 고마웠다. 저렴하고 친환경적인 밥상을 대하니 심신이 다 편안하였다. 음식 부재료로 들꽃이 어우러져 있었다. 구례 산수유 마을로 향했다. 섬진강 따라 온마을이 노랗게 물들어 꽃이 만발하니 천지가 눈부시게 아름다웠다. 꽃 속 우리의 웃는 모습이 얼굴을 넘칠 듯 활기찼다. 제부는 선배 걸음에 맞춰 지각해도 내내 웃고 농담도 잘하며 우릴 기쁘게 했다.

선암사 템플스테이 입소해 절 옷과 흰 고무신으로 나서니 수행 정진하는 보살이 된 느낌이었다. 부처님께 예 올리려고 모이니 40명이다. 지금 고매화가 절정이니 찾는 사람도 넘친다. '무우전無憂殿' 앞 고매화는 뻗어 나간 줄기가 너무 우아해 스마트폰에 담는 것도 잊은 채 마냥 쳐다보기만 했다. "죽었는가 싶으면 늦장 부리긴 해도 꽃잎을 틔우고 당당하게 천년 세월을 지키고 있는 것이 부처님 보살핌 같다."라는 말씀에 숙연해졌다. 어찌 감히 깜냥으로 가늠할 수가 없을 것 같다. 그저 황홀하게, 감사하게 쳐다볼 뿐이다.

새벽 5시 20분, 아침 공양을 마치고 무우전으로 발걸음 옮겼다. 사람들 없을 때 제대로 매화를 보자는 한마음이었는데 벌써 셔터를 눌러 대는 소리가 들렸다. 매화 두어 잎 따서 더운물에 우려 나눠 마시니 신선이 되었다. 느릿느릿 경내를 한 바퀴 돌고 스님과 차담하고 선암사 둘레길을 걸었다. 부처님 앞에 천 배를 못 해도 희열감 그 상태이었다. 어떠한 욕망도, 갈등도, 미움도, 걱정도 존재하지가 않았다. 편안하고 평화롭고 순수하고 밝고 훈훈한 기운에 잠기는 것이다.

제부의 선배 부부도 편안하고 유쾌한 사람들이었다. 우리 자매와 잘 어울려 주었다. 열심히 사는 사람일수록 자신에게 '여행 선물'이 필요하다. 여행 그 자체로 좋은 선물이 되지만 더 중요한 것은 동행한 좋은 사람들을 선물처럼 얻게 된다는 사실이다. 열심히 살아왔고 앞으로도 더 열심히 살고자 하는 사람들과 만남, 그것이 '여행 선물'의 또 다른 의미다.

스마트폰에 잘 담는 기교도 배워 주고 시시때때로 모습을 담아 올려 준 센스 있는 선배 부인의 애정 가득한 후기 댓글에 "나 돌아가고 싶어" 또 계획을 도모하게 만든다.

새끼노루귀 예찬

솜털이 뽀송뽀송 아가 손을 꼼지락꼼지락.

오름 능선은 아직 춥다고 이웃들 기척이 없는데 언 땅을 헤집고 내민 고개에 분홍색, 흰색 불이 켜진다.

해가 바뀌면 살아 있는 모든 순간에 잘 살아야겠다는 다짐을 하게 된다. 늘 스쳐 지나가는 것과 그 순간들 사이에서 그냥 지나치지 못하는 것은 완벽하게 살지 못한 자신에게 당근과 채찍을 주며 올해도 파이팅! 그런 합리화인지도 모른다. 사소한 것을 자주 바라보자. 조금은 느슨해지는 데 잠수하거나 피하지는 말자. 스치는 모든 것에 감사하고 행복은 참 사소한 선물이라고 하자.

며칠 전, 꿈에 새끼노루귀가 나타났다. 너무 반갑고 신이나 바닥에 찰싹 엎드리는 순간 꿈이었다. 언제면 주말 되어 봄꽃을 만나러 가나 주중이 한없이 길었다. 오름에 미친 적이 있어서 어느 오름엔 무슨 꽃, 열매가 피고 지는지 눈에 밟히는지라 동행만 구하면 만사형통이다. "들꽃에게 감히 잡초라고 이름 지어 함부로 대하는 것은 예의가 아니며 매너 빵점이다."라고 늘 자연을 대하는 일에 예의를 강조하던 '신 선생'을 유혹했다. 언젠가 눈 속에 핀 복수초를 보자고 둘이 종일 헤집고 다닌 적 있다. 체념하고 돌아가는 길, 미련 많아 한 번 더 하며 찾은 민오름에 복수초 카펫이 깔려 있었다. 우리는 무지함에 실소하였고 덕분에 들꽃 만나는 일이 잦아지고 친해졌다. 신 선생은 흔쾌히 내 가락에 장단을 맞춰 주었다.

수·목요일에 내린 눈이 산행을 질척이게 했다. 그래도 마냥 신나서 어떻게 하면 예쁘게 스마트폰에 담을 수 있는지 들으며 걷는 즐거움도 한몫했다. 무엇을 하기 전에 간절함이 있다면 행동하는 데 있어다른 잡념은 사라지고 오직 그것에 집중하게 되어 있다. 복수초가 눈을 뚫고 피어나면 변산바람꽃이 나지막한 곳에 작은 것들에 귀와 눈을 모아 보라고 손짓한다. 정말 예쁘다. 온통 노랗고 흰 봄 꽃밭을 이룬다. 그 옆에 아주 작은 꽃이 보일락 말락, 하마터면 밟아 상처 낼 뻔했다. 너무 작아 만지면 부서질 것 같아 낙엽 위에 엎드려 가만히 쳐다보기만 해야 했다. 눈과 얼음을 뚫고 나오는 풀이라 해 '파설초'라고도한다. 미나리아재비과에 속해 독성이 있다. 울릉도에는 '섬노루귀'가살고 있다. 제주에 있는 새끼노루귀보다 훨씬 커서 '큰노루귀'라고도한다. 꽃은 사뭇 다르다. 솜털 가득한 꽃대에 꽃이 핀 후 잎이 나는데노루귀 닮았다.

눈 덮인 오름이라 작고 여린 노루귀 못 찾으면 어쩌나 하는 걱정을'휘익' 한방에 날려 보내게 만들어 주었다. 잎이 돋아나기 전 파르르떨며 꽃을 피운 노루귀를 본다면 그저 바라보는 것만으로도 새로운감각이 느껴진다. 마음이 쉰다는 것이 어떤 것인지 지금까지 몰랐던그 상태가 얼마나 기분 좋은 것인지 체감하게 된다. 눈을 뜨지 않은 사람에게 세상은 긴 어둠뿐이다. 봄꽃 만남이 그렇다. 심신의 눈을 밝혀준다.

자연도 행복해한다. 행복은 교감이고 결과가 아니라 과정이기 때문이다. 지금 내 가슴을 뛰게 하는 것은 지나온 길이 아니라 지금이다. 새끼노루귀는 참 많은 것을 가르쳐 준다. 수강료 없이 배우니 고맙고 미안해진다.

새끼노루귀는 성품의 씨앗을 심어 준다.

거친 생각들을 걸러 준다.

귀로만 듣지 말고 마음으로

들으라 한다.

겸손해라. 단순해라 한다.

타인의 이야기에 귀를 기울이게 한다.

그냥 행복하게 한다.

노루귀는 멘토이다. 상상력을 고취하게 해 주고 기운을 북돋워 준다. 삶을 풍요롭게 해 주는 대부나 대모 같은 느낌이 들 때도 있다. 안내하고 보호해 주며 응어리를 풀리게 해 준다.

새끼노루귀는 눈부시게 나를 만들어 주는 요술램프 속에 '지니' 같다. 그를 만나러 가는 행보가 마음이 하나 되는 수행이다.

한라산

어느 날 문득 깨달았다. 구구절절 토씨를 달지 않아도 그는 내게 묵시적으로 스승임을 알려왔다. 무엇인가 풀리지 않는 속수무책의 일들이 실타래처럼 풀린다. '가난하다, 능력이 없다, 소심하다, 이건 안 될 거야.' 등 여러 가지 이유와 비교 속에 둔 자신이 한없이 부끄러워진다. 물질문명 속에서 무수한 저울질과 감각을 잃어가는 인간성을 회복시켜 준다. 감정이 일어나는 것은 자연스러운 일이지만 그 감정에 빠져서 끌려다니는 것은 경계해야 한다. 감정의 바람이 불어와 부딪혀 상처 났는데 그때 치유를 안 하면 곪아 허물이 되고 흔적이 오래 남는다.

매일 한라산을 본다. 머리와 몸, 가슴으로 받아들인다. 그리고 익힌다. 어떤 기다림이 있는지, 그리움의 색깔이 어떻게 변하는지, 원하는 마음이 어디로 흐르는지 찬찬히 심호흡하며 본다. 누워 명상하는 듯, 설문대할망이 내게는 관세음보살이 되어 거기에 자유롭게 풀어 놓은 긴 머리와 코, 눈, 턱선의 실루엣까지 너무나 신비롭다. 어떤 날은 기가 막히게 아름다워 소름이 '오소소' 돋기까지 한다. 출근하는 길 언덕배기(인정오름)에 가던 길을 잠시 멈춘다. 한라산의 모습으로 그날의 운을 치며 혼자 인상을 쓰기도 하고 배시시 웃기도 한다.

산허리를 감싸 안아 흐르는 구름은 오후쯤 아니면 내일에 비가 올 것이라고

미리 운을 떼 주는 표현이다. 돈내코만 넘으면 산 정상을 오를 듯 선명한 빛깔로 다가서는 날도 관절염 무릎보다 먼저 비님 납시는 것을 예보해준다. 기상청의 예보보다 더 정확하다. 풍경으로 말을 걸어오는 자연과 만남은 '산의 풍경이 전부는 아니야.'라는 내 지식의 견문을 몇 단계 올려 준다. 전부로 느껴지는 날은 무슨 선물 받은 기분이다. 사소한 일이라도 가치를 부여해 가치 있게 하고 싶어진다. 빈약한 마음이 넓어지고 풍요로움을 담아진다. 천하고 고귀함이 자신이 기준에 의해 달라진다. 산의 물소리 바람소리 새소리가 들리는 듯하다. '소소소' 작은 즐거움, 행복이 쌓여서 나도 산이 되고 물이 되고 바람이 될 수 있음을 느끼게 한다.

한라산은 제주 사람들의 희망이고 자존심이다.

산북과 산남의 경계를 두어 비와 바람을 분배한다. 무더운 여름나기를 한라산으로 옮기는 난을 보며 감사하는 마음이 더 두터워졌다. 깊은 산골짜기 지나 마을로 온 계곡물 맛은 시원하고 달다. 초록, 단풍, 눈꽃의 아름다움이 어떤 것인지, 그 맛을 보여 준다. 사람들이 '오냐오냐'하며 받아 주는 산에게 너무 고마움을 모른다. 보고 느끼고 혜택을 받아오면 되는데 그 속에 터전을 잡고 사는 식물을 훔치고, 열매를 따 짐승의 양식을 빼앗으면서도 쿵쾅거리는 가슴의 소리를 무시한다. 산이 마냥 참을성 있게 견뎌 줄 수 있을지 걱정이 된다. 사람도 참을 만큼 참다가 터진 사람이 더 무섭다. 몸만 힐링하여 건강할 것이 아니라 정신 수양을 쌓아 과거와 현재, 미래에 대한 관심과 사고의 식견을 가

져야 우리가 살아남을 수 있다.

　마음의 부름은 내가 가야 할 길을 네 마음이 이미 알고 있던 본래의 고향을 찾아가는 것임을 알게 된다. 아주 오래도록 산이 산으로 남아 있어야 한다.

　산이 좋으니 그 산에 기대어 살고 싶다. 어진 성품을 닮고 싶다.

한란 모시기

알까? 처음 내게로 올 때부터 특별하고 마음이 부셨다.

분갈이하면서 내게 두 촉을 나눠 주신 지인은 풀꽃 사랑꾼이었다. 나는 지인에게서 풀꽃에 관해 많은 것을 배웠으나 돌아서면 까먹는 일이 다반사이었다. 지인은 "난을 키우며 내 안을 어떻게 삭이고 녹이느냐에 따라 죽일 수도 살릴 수도 있다."라는 진담 반 농담 반이 사뭇 걱정되었다.

귀한 난을 동향집 마루 끝에 모셔 놓았다. 안방은 남편이 수시로 담배를 피워서 아예 재외 했고, 작은 방은 아무래도 난이 살기가 힘들 것 같았다. 동향집이라 오전은 직사광선을 피할 수 없다. 조금이라도 본연의 조건을 만들어 주고 싶은데 미안하고 미안했다. 추운 겨울에 피는 난초라 하여 한란寒蘭이다. 상록성 여러해살이 식물로 계곡 부분 사면이나 그 주변의 그늘진 곳에서 산다. 종 자체가 천연기념물로 지정된 유일한 식물이다. 보춘화에 비해 잎 가장자리에 톱니가 없어 만지면 매끈하다. 지금 토평 돈내코 한란 기념관에 가면 한란을 만날 수 있다. 녹색, 자주색, 붉은색 계열 등 다양한 꽃을 마음껏 볼 수 있도록 전시하고 있다. 돈내코는 계곡이 깊어 한란 자생지로 유명하다. 꽃이 귀하다 보니 탐내는 사람이 많다. 어느새 자생종은 1종 위기 식물이 되어 천운을 타고나야 만날 수가 있다. 몇 년 전, 시오름 계곡에서 두어 개체를 발견하고 일행은 횡재라며 저절로 입가에 손을 대고 쉬쉬했다. 요리조리 렌즈와 눈에 잔뜩 담고도 모자라 누가 탐낼까 봐 나뭇잎을 덮어 위장해 두었다. 다음 해 일부러 난을 만나러 가 보니 흔적도 없이 사라졌다. 우리는 사람의 짓이 아니고 노루가 배고파 뜯어 먹은 모양이라고 억지 양심을 만들었다.

난은 무심한 듯 키워야 하는 듯싶다. 오후의 짧은 햇볕, 온도, 수분이 관건이다. 비 오는 날은 가끔씩 비를 맞보게 했다. 살랑이는 바람이 스치는 오후에도 어쩌다 바람과 만날 수 있도록 했다. 일부러 영양분을 준 적은 없다.

거의 마루에 갇혀 살았다. 휴일에 물을 주며 자리 옮김은 여러 번 했다. 난에게 조금이라도 알맞은 자리가 어디인지 묻고 싶어 동정을 살피기도 했다. 아둔한 나는 혼자 해석해 알았다고 끄덕이며 맘대로 했다. 그렇게 5년을 살았다. 한란은 너그러운지 몰상식한 친구를 봐 주는지 잘 자라 주었다. 해마다 식구를 늘려 나갔다. 이제 분 안이 가득 찼다. 가끔 이파리 끝이 갈라지거나 노랗게 타고 있으면 걱정되어 마루를 들락이며 지인에게 물어 가며 애가 탔다.

여름 끝자락, 난에 물 주다가 깜짝 놀랐다. 이파리가 말린 것처럼 보이는 것이 있어 손으로 만져보니 약간은 느낌이 달랐다. 돌연변이 이파리가 생기나 싶었다. 며칠 후 봉긋하게 봉오리가 맺혔다. 세상에! 우리 집에 경사가 생기려나 보다 하는 생각이 확 스쳤다. 초여름에도 꽃을 보기 어려운 호야에 꽃이 피는 것을 보았다. 마당에 무심하게 둔 꽃이었다. 복을 발로 차는구나 하며 후회했었다. 늦가을에서 다음 해 겨울까지 볼 수 있는 난꽃이 피었다. 자주색 계열의 꽃은 한 송이 먼저 벙그러지고 한 송이는 이제 활짝 피었다. 내 아는 모든 사람에게 자랑하고 싶어 폰에 담고 공유했다. 찬사가 쏟아졌다. 아름답고 귀한 꽃을 피우느라 애썼단다. 난이 대견하게 한 일을 내가 칭찬받았다. 꽃이 청초하고 우아하며 아름답다. 은은한 향까지 단연 사랑받을 만하다. 꽃이 지고 나면 영양분을 선물로 줄 것이다. 내년 봄엔 분갈이해 나도 누군가에게 가슴 일렁이는 기쁨을 맛보게 하고 싶다. 오늘도 나는 난 앞에서 시간 가는 줄 모르게 놀았다. 잔잔한 기쁨으로 심신이 여유롭다. 좋은 것은 사라지지 않는다.

텃밭의 수다

이곳은 걱정, 불안, 마음속 짐들의 어떤 무게도 없다.

수다쟁이가 된다. 아침 인사에 조금이라도 키를 키워 주인에게 잘 보이려고 이슬방울 구르는 소리가 맑음이다.

음력 이월 초하루 영등할망이 귀덕 복덕개로 들어와 바당동네 보말 속을 다 까먹고 밭에 씨앗도 요절을 낸다. 보름 되어 우도로 떠나고 나면 제대로 농사가 시작된다. 옆집 삼촌 텃밭은 할망 떠나기 무섭게 파종했다. 어느새 뽀얗게 살이 올랐다. 우리 집은 잡초만 날로 무성하다. 모종으로 승부 걸어보기로 했다.

삼촌네 텃밭은 야채 전시장을 차려 놓은 것처럼 온갖 것이 다 있다. 기린 목으로 담 넘어 훔쳐보며 내심 부러워 나도 할 수 있다는 욕심을 내었다. 겨자, 치커리, 케일, 콩, 가지, 깻잎, 고추, 상추, 열무를 심었다. 고추와 가지는 지지대를 박고 끈을 묶어 바람에 부러지지 않고 쑥쑥 자라도록 했다. 호박은 언니네에서 맛 좋은 씨앗(종자) 받아와 심으니 모두 싹을 틔웠다.

제일 신난 것은 달팽이다. 콩벌레, 개미까지 합세했다. 흰나비가 옆집에서 날아와 팔랑거리더니 구슬 같은 알을 잎 뒷면 으슥한 곳에 터를 잡았다. 삽시에 싱싱하게 자라던 새싹들이 기습 공격에 너덜너덜

걸레가 되어 버린다. 비상사태다. 늦잠을 잘 수가 없다. 잡풀을 뽑고, 흙 뒤엎고 거름 주며 공들인 내 영역이다. 가을볕보다 더 무서운 봄볕을 받으며 닭똥 같은 땀방울에 얼굴도 가마솥처럼 달구어지며 이룬 업적을 고스란히 내어 줄 수는 없지 않은가!

며칠을 쪼그려 앉아 알과 애벌레, 달팽이를 무찔렀다. 마음에 불을 켜고 심기 사납게 으르렁거리는 나를 만났다. 아차 했다. 자연적으로 성취하는 것에는 무리한 욕심이 없어야 한다. 애쓰며 분주해도 기쁘지 않으면 차라리 욕심을 부리지 않음만 못하다. 다정한 시선으로 봐야 한다. 구석구석, 찬찬히, 환하게 볼 수 있어야 한다. 그들에게도 희망이라는 것이 있을 것이다. 무참히 짓이겨 버리면 100% 내 죄업이다. 두 눈으로만 보지 말고 두 손으로도 볼 수 있어야 한다. 미물에게도 같은 생명끼리 온화한 덕을 지녀야 한다. 서로 나눠 먹으면 그들도 나에게 얼마나 감사해할까? 텃밭의 채소는 뜯어 먹는 맛도 있지만 매일 아침 마주 앉아 그들의 수다를 듣는 것만으로도 기분이 너무 좋다.

어젯밤 무슨 일이 있었는지, 달팽이, 지렁이가 다녀간 이야기, 흰나비가 알을 수십 개 낳은 일, 새끼 지렁이가 숨구멍을 열어 준 말까지 정말 수다스럽다. 시시콜콜한 이야기도 열심히 재미있게 하며 판단의 틀이 필요치가 않다.

가지가 내 약지만큼 나왔다. 오이도 질세라 아침저녁이 다르게 토실하다. 고추도 의기양양 저들끼리 키 재기 한다.

지난달 건강 검진에 고지혈증과 콜레스테롤 조심하라는 경고 메시지가 왔다. 탄수화물은 적게, 비타민은 넉넉히 섭취해 기필코 안전지대로 진입하리라 다짐했다. 종류별로 몇 개씩만 뜯어도 한 소쿠리다. 매실, 올리브유, 감귤즙, 레몬, 소금 넣고 싹싹 버무리면 훌륭한 샐러

드가 탄생한다. 당연히 맛이 날 수밖에 없다. 텃밭을 소유한 넉넉함이 감성 있는 여자로 살게 하는 것 같다. 행복은 참 사소하다. 사소한 것들을 자주 들여다보며 특별하다고 생각하면 하는 대로 받으면 된다. 무심하게 지나치는 사소한 것들이 소중하다는 것을 깨닫게 되면 인생은 여행처럼 즐거워진다. 발소리가 음악 되어 그들을 춤추게 한다. 다른 생명의 감정을 나의 감정으로 느끼고 나의 느낌을 다른 생명에게 전달할 수 있을 것 같아진다.

안을 수만 있다면 두 팔 벌려 꼬옥 안아 주고 싶다.

지렁아 놀자!

내 사랑 붉은 지렁이!

흙, 지구, 인간을 살린다. (2억 년 전부터 지구에 존재)

환경 조절자. 자연의 쟁기. 착한 일을 하는 벌레. 부지런한 벌레 지렁이는 성질이 차다. 독이 없다. 식용 지렁이는 혈압과 간 수치를 낮춘다.

암컷, 수컷 없이 한 몸이지만 알을 낳기 위해서는 두 마리가 함께 (정소에서 오는 관, 환대에서 생성되는 난포) 약 8시간 정도 짝짓기 후 일주일 알 생산(20개 정도 품고 있지만 1-2개의 알이 살아난다)

몸무게만큼 먹는다. (썩은 것은 무엇이든지 다 먹는다) 90% 정도 배출하기도 하지만 보통 5-60% 먹은 것을 배출한다. 포도송이처럼 (떼알구조) 질소 성분이 함유되어 있다.

똥은 위로 싼다. 지렁이 길이 막히지 않도록. 비가 오면 숨이 차 밖으로 나온다. 겨울엔 한데 모여 겨울잠을 잔다. 분변토에는 질소, 인산, 가리 있고 미생물이 일반 흙보다 많다.

미래 농업의 주자다.

배수성, 통기성이 좋아 흙이 부드럽다.

분변토를 활용하여 사과나무를 가꾸고 순천만 국가정원에도 분변

토 사용함.

뿌리 활착과 생장 촉진되며 진딧물 피해가 덜하다.

12-25도 온도가 적당하며 피부는 미끌미끌하고 촉촉하다. 피부로 모든 것을 알아챈다. 수명은 1-2년 정도.

사육할 때 주의점

온도는 반드시 15-21도 유지

산도는 pH6.8-7.2rk 좋다

차광 덮개는 반드시 덮는다.

완숙된 부유물을 급여한다.

잠자리집은 통기성이 꼭 필요하다.

사육밀도는 평당 30-35k

지렁이 분립은 반드시 수거하고 새 사료를 준다.

붉은 지렁이가 좋다.

내가 싫어하면서도 무서운 것이 '뱀, 지네, 지렁이'라는 사실에 이제 사랑이라는 이름으로 지렁이가 분리되었다. 가끔은 새끼 뱀처럼 느껴져 화들짝 놀라 달아나다가 계면쩍어 미안해하며 어루만져 준다. 붉은 지렁이는 손바닥에 올려놓고 아이들과 들여다보느라 삼매에 든다. 구슬처럼 영롱한 알들을 흙 속에서 찾아내며 함께 환호성을 지른다. 환경이 나를 변화를 시킨 것인지 내가 환경을 변화시키는 것은 아닌가 우쭐할 때가 있다. 다 지렁이 덕분이다. 얼마나 먹성이 좋은지 음식물 찌꺼기가 없을 때는 잘게 찢어 놓은 종이도 먹어 치운다. 공존 공생이다. 유치원에 환경 수업을 하다 보면 놀랍고 감사한 일이 참 많다. 온도에 민감한 지렁이를 조심히 만져 보며 약속을 한다. "내가 잘 놀아줄게, 많이 먹어 건강해야 해." 고사리 새끼손가락을 걸며 사뭇 진지하게 지렁이와 함께 텃밭 운영을 약속한다. 시름시름 앓던 푸른 지구가 아주 조금씩 기운을 회복하고 있다. 나는? 어른은 아이의 거울이 되어야 한다. 우리 텃밭에 채소보다 지렁이가 더 많다. 생태계 진정 어렵다.

숲길 위에서

몇 달 전, 직원 회식하며 술 한잔 마셔 가슴이 들떠 걷기 모임을 결성하였다. 네 명이 잔을 부딪히며 의기투합했다.

초여름, 거사 첫날이라 숲길이 편한 이승악에서 사려니까지 걷기로 했다. 평소 걷기와는 담쌓은 부장님이 순전히 두 아들을 위하여 동참한지라 여지없이 초등학교 연년생 두 아들이 동행하였다. 걷기도 전, 두 놈은 번갈아 질문 공세를 퍼붓기 시작했다. "몇 시간 걸어야 해요? 해충은 많이 있나요? 걷기는 어렵지 않아요? 더우면 어떻게 해요? 무엇을 볼 수 있어요?" '쉬잇' 엄지손가락으로 함구해주기를 표현한 뒤 직접 보고 느껴 봐야 걷는 즐거움이 있음을 알렸다. 10여 분 걸었나? 냇가에 올챙이와 알이 꿈틀대는 것을 보았다. 눈빛이 심상치 않더니 그들에 빠져 큰놈은 나올 생각을 전혀 안 했다. 모임의 목적과 차를 사려니에 세워서 그곳까지 걸어가야 차 탈 수 있음을 강조해도 들은 척 안 했다. 큰놈과 부장님 두고 길을 나섰다.

작은놈이 투덜대기 시작했다.

"거미줄이 많아서 걷기 힘들어요."

얼른 나뭇가지 잘라 앞장서 걸으며 거미줄 제거에 들어갔다.

"모기가 왜 이렇게 많아 가려워 걸을 수가 없어요."

강 과장님과 나는 얼른 손수건을 꺼내 묶어 날개옷을 만들어 주었다. 날개옷이 불편하다고 투덜대었다.

"웅덩이에 고인 물에 운동화가 더러워졌어요."

웅덩이가 보이면 얼른 안아 건네주었다.

"오천 보정도 걸은 것 같은데 이제 몇 보 더 걸어야 해요?"

혹이 붙은 것처럼 불편하고 거추장스러움이 슬금슬금 뒷덜미를 잡기 시작했다.

형과 엄마가 없어서 무료하고 다리가 아픈지 어디로 튈지 모르는 럭비공 같았다. 결국은 완주 못 하고 도중 숲길로 내렸다. 동행이란 발맞추어 함께 가는 길인데 달래고 기분 맞추느라 아무것도 못 한 느낌이 들었다.

비 온 뒤라 '수우'를 기대하며 나비와 애벌레의 조우도 렌즈에 담고 싶었다. 바람 가득 넣은 풍선이 날아보지도 못하고 펑 터져버린 허무가 차올랐다. 강 과장은 사십 대 싱글인데 아이의 기분을 맞춰 주느라 어린이 프로그램 죄다 꿰어 응수했고 반응에 즉각 대처하며 최선을 다하고 있었다.

아이 셋을 키운 이 엄마는 도대체 점수로 따지자면 마이너스가 아닌가. 언제부터 손해. 이익 따지며 숲길 걷기를 했던가? 땀 흘리며 시원하게 걷지 못하여 밴댕이가 되었나? 오후 일에 지장을 줄까 불안해졌나?

숲길에서 내적인 욕망이며 흔들림이며 갈등으로 빚어지는 불안을 내려놓고 평화롭고 싶었다. 간장 종지만큼 작아진 마음 정면으로 볼 수 없게 부끄러워졌다. 아이의 투정을 조용히 받아 주는 강 과장님을 보면서 소갈머리 없이 나이만 어른이 된 것이 화끈거렸다. 숲에서 양치식물 잎사귀의 까실한 솜털과 꼬불거리는 검은 줄기가 되고 싶으면 잎사귀 사이의 작은 고요 속으로 들어갈 수 있어야 한다. 무슨 일을 하든 그 일을 통해 가치와 의미를 찾는 것은 전적으로 자신에게 달려 있다. 당장 눈에 보이는 가치와 의미만 찾으니 허기지고 불안할 수밖에 없다.

'강은 자신의 물을 마시지 않고

나무는 자신의 열매를 먹지 않으며

태양은 스스로를 비추지 않고

꽃은 자신을 위해 향기를 퍼트리지 않습니다.' 프란시스코 교황의 메시지는 우리 모두 돕기 위해 태어난 것이라 했다. 내가 행복하고 나로 말미암아 다른 사람이 행복하면 자연도 사람도 관계의 촉감이 파르르 파르르 살아난다. 한 뼘의 어른이 되었다.

숲길에서 이웃을 통해 나를 바라보고 자기 발견을 다시 하게 된다.

빙떡愛 취하다

몸이 기억하는 맛은 예스럽고 신비하다.

"놈삐 채 썰어 삶아 쪽파 송송 썰어 넣고 소금으로 간하여 속을 만든다. 귤 향이 없는 은밀한 곳에서 되직하게 물 섞어 몽글몽글한 덩어리를 잘 풀어가며 남죽으로 열심히 치댄다. 물이 너무 많으면 '가르륵'해 떡을 돌돌 멍석처럼 만들 수가 없다. 잘 치댄 공력으로 풀기가 생겨 윤기까지 자르르 흐르면 준비 완료이다. 식용유와 참기름 반반으로 섞어 접시 두 개에 기름과 기름칠할 무 조각을, 대접과 국자를 준비해 '차르르, 소리와 함께 살살 국자로 전을 갈무리한다."

내 유년의 할머니 빙떡 향이 고스란히 배어 습관처럼 따라다닌다. 제삿날, 하루 공부가 너무나 길어 느림보 해만 탓하다가 한달음에 달려오면 올레에까지 번지는 '돗지름의 빙떡 냄새'가 이보다 더 행복할 수가 없었다. 가방도 팽개치고 할머니 옆에서 하나라도 더 먹으려고 아양 떨며 게 눈 감추듯 먹어 치운 식탐쟁이었다. 어머니는 제사가 다 가오면 솥뚜껑을 잘 씻어 돗지름을 몇 번씩 칠해 윤기 반지르르하게 만들어 놓으셨다. 할머니는 은은한 장작불에 솥뚜껑을 거꾸로 얹어서 무 몽당으로 기름을 살살 펴 바르시며 타원형의 얇은 전병을 지져 내셨다. 기포가 없고 끈기 있는 비결은 익을 때까지 국자로 문질러야 한다. 차롱에 겹치지 않게 널 듯이 놓았다가 한 짐 가시면 차곡차곡 옮기며 너덧 차롱을 지져 내셨다. 동네 떡 반 돌리려면 새벽부터 저녁까지 할머니는 아궁이 앞을 꼿꼿하게 지키셨다. 할머니 돌아가시고 어머니 담당으로 바뀌면서 변혁이 일어났다. 전용 프라이팬을 구입하고 참기름에 식용유가 약간 섞인, 바르는 기름은 더 고소하고 세련되어 '돗지름'을 유명무실하게 만들었다. 산간 척박한 땅을 개간할 때 메밀을 많이 심었다. 일 년에 두 번 수확할 수 있는 메밀은 자청비가 까먹고 나중에 서둘러 다시 갖고 온 씨앗이다. 써레질 한 번으로도 며칠 만에 싹을 틔우면 나물로, 꽃으로 열매에서 껍질까지 버릴 것이 없는 팔방미인이다. 끓기만 하면 바로 먹을 수 있는 수제비나 범벅은 우울할 때 나를 다스리는 묘한 음식이다. 마음이 초조하고 산만해져 있을 때 빙을 준비하면서부터 몰입이 휴식이 된다. 세로토닌 수치가 높아지고 즐겁다. 아무리 포식을 해도 메밀은 내 입맛을 놓아주지 않는다. 해산을 하고 친정집에 머무르며 피를 삭혀 준다며 미역에 메밀수제비를 질리도록 먹었는데도 틈만 나면 그 음식을 또 해서 먹으며 헤벌쭉 온 세포가 웃음으로 번진다. 올해 시어머니 제사에 정성한답시고 메밀묵을 쑤었다. 광목천을 빨아 바늘로 몇 번씩 꿰매 쌀이 새지 않도록 해 놓고 메밀쌀 두어 시간 물에 담갔다가 첫 물 버리고 잘 뭉개어 폴딱폴딱 뜰 때까지 계속 저었다. 남죽으로 묵물을 흘리면 끈기 있게 돼야 하는데 2할 쯤 약했다. 그래도 네모진 통에 부어 바람 통하고 그늘진 곳에 식을 때까지 두었다. 굳어졌나 싶어 꺼냈더니 토실하지가 않다. 결국은 실패했다. 빙떡도 마찬가지였다. 끈기가 없어 말아 놓으면 다 범벅이 되어 버렸다. 냉장고에 함께 둔 레몬 탓을 많이 했다. 묵은 몰라도 빙떡은 몇십 년을 해 온 자신감이 충만해 지금까지 실수가 없는 편이다. 동분서주하며 시어머니 제사를 무사히 넘겼다. 묵도 빙도 다 못 쓰게 되어 화가 치솟아 지옥 속이었다. 젓가락으로 집을 수 없는 묵을 숟가락으로 떠먹으며 씹지 않아도 쏙쏙 잘 들어가 좋단다. 떡은 겨우 상에 올릴 정도만 추려 내었다. 마음도 몸도 다스리지 못하는 나는 나이만 덥석 먹어 환갑을 넘겼다. 우리 어머니는 환갑에 못 하는 것이 없었다. 제사 음식에 실수가 용납되지 않았다. 여섯 번의 제사와 두 번의 명절에 필수로 빙떡을 만들 것이다. 차분하고 앞뒤 잘 챙기며 노련하게 일을 할 것이다. 무엇이든 좋은 것을 만들어 내면 결국 그것이 그 사람을 만드는 법이다. 올해는 가을 잦은 비에 다른 농사가 실패해 메밀밭이 많아졌다. 제주 메밀로 고구마 놓고 범벅도 하고 빙떡에도 취하고 싶다.

며느리밑씻개

　지난 휴일에 들길을 걷다가 물을 많이 마셔서 비워야 할 사태가 발생하였다.

　사방을 신중히 살피고 밭 구석으로 가 볼일보는데 어떤 놈이 엉덩이를 까끌까끌 감촉을 심상치 않게 만들었다. 며느리밑씻개였다.

　내가 처음 식물 공부를 할 때 '며느리밑씻개', '사위질빵'의 사연을 들으며 심하게 공감을 해서 다른 것은 다 까먹어도 절대 잊히지 않는다. '며느리밑씻개'는 시어머니께서 며느리가 너무 미워서 밭일하다가 볼일 볼 때, 휴지가 없어 닦을 때 가시에 찌르기를 바라는 마음에서 유래되었다고 한다. 꽃말도 시샘과 질투이다. 그런데 꽃은 너무 앙징스럽다. 고마리와 여뀌의 사촌이다. 분홍빛으로 한여름 들녘 덤불에 꼭 끼어 장식한다. 작은 가시가 촘촘하게 돋아 있어 만지면 따갑다. 어릴 적 따서 먹어본 적 있다. 약간 시면서 달다. 의외로 쓰임새가 많다. 전초를 그늘에 말려 대추나 당귀와 차로 마시면 부인병에 좋고, 끓여서 좌욕하면 그것도 부인병에 효과가 있다고 한다. 옛날에는 피부병이 생기면 끓여 목욕하거나 짓찧어 발랐다.

　이제는 다 옛일이다. 약이 더 편하고 위생적이며 치료에 가능하다. 허리에 병이 생기면 참나무 쪄 수건에 말아 찜질하고 입술이 트면 황

벽나무 속껍질 떼다가 입술에 붙여 치료했다. 우슬 뿌리를 캐다가 푹 삶아 무릎을 담그면 효험이 있고 며느리밑씻개 끓인 물로 씻으며 병을 다스렸던 어린 시절이 왠지 자꾸 소환된다.

60년 출생인 나는 급변화의 세계 속에 살았다. 그때의 경험으로 야생초를 공부하며 만져보고, 눈으로 보고, 맛을 보며 느낌을 교감한다. 늘 산이나 들풀에 열매만 달리면 먹는 것으로 알았다. 꽃도 많이 먹었다. 인동초, 꿀풀, 동백, 진달래 등. 아! 줄기도 달달한 것이 꽤 있다. 청미래순, 찔레순, 칡순, 소리쟁이를 생각하면 어느새 입에 침이 수북해진다.

호박꽃을 따 반딧불이 넣고 동네 아이들과 사방팔방 뛰어다니며 소리 지르고 깔깔 웃고 더우면 홀러덩 아무 데서나 옷을 벗고 미역을 감았다. 2km 넘는 거리를 중학교까지 걸어 다니며 길옆 밭 무, 고구마를 작살내도 밭 주인은 우리를 나무라지 않으셨다.

요즘 이 편한 세상인데 이상하게 편안하지가 않다. 경치가 좋은 곳에서 휴식하고 맛있는 것을 먹고 세계 곳곳을 떼 지어 여행 다녀도 온전히 힐링이 되지 않는다. 넘치는데 무엇인가 모자란 느낌이다. 회귀본능을 가진 것이 동물이다.

옛날로 조금은 돌아가 보는 것은 어떨까 싶다. 농약과 매연의 때가 없는 산야초를 해다가 먹어 보자, 욕심을 부리지 말고 씨앗도 곤충의 양식도 남겨두며 서로 공존 공생하면 얼마나 좋을까 하는 생각이 간절했다.

며느리밑씻개의 만남으로 나는 진정한 힐링이 무엇인지 고민하게 되었다. 몸과 마음의 힐링은 자연과 내가 연결되어야 한다.

모든 일은 그냥 되는 것이 아니다. 내가 된다는 신념과 선택이 일치해야 한다.

간절히 구하면 이루어진다 하였다. 사랑하면 못할 것이 없다. 문제는 사랑은 떠나는 순간부터 차가워진다. 중년인데 소녀처럼 살게 해주는 자연 앞에 선물만 받을 것이 아니라 나도 선물해야겠다,

3

삶

1월 매화

눈은 안 오고
비만 내리더니
잠자던 매화 놀라 꽃 피운다

미쳐 대접할 채비 없이
날만 보다가 우중매로
처연히 차를 우린다

엄동설한 귀한
매손님 모셔 차 한 잔은
호사스러운 일 되어버렸나

빛깔과 향기로
말 못하고
꽃 지자 잎 피는 모습에
그림자 산을 넘지 못한다는
이치를 깨닫는다

가을은

물색지전으로 말을 건넨다
누에고치에서 명주실을 뽑는다
창문에 햇살 받아 세수를 한다
하늘이 허락해 열매가 무르익는다
보내는 일도 사랑이라 한다
그냥 있어도 그리움이라 한다
해탈한 나무가 만행을 나선다.

노루귀

이른 봄 산지를 찾아 그리움을 피운다

은빛 솜털에 싸인 보석
길쭉하고 통통한 물음표에서
우아한 느낌표로

다소곳한 꽃봉오리가 면사포를 올린다
꽃잎인지
꽃받침인지
품위가 단연 으뜸이다

내 간과 심장을 훔쳐
꽃잎을 피워
햇볕과 벌
그리고 기름진 별미를 준비해
개미까지 초대한다

누구를 위해 존재한다는
거드름 없이
자신의 삶을
은밀하게 살고 있다
그리움의 색을 입혀
나도 하얀 분홍빛이다.

민들레

이슬과 햇살
속닥속닥
알콩달콩
회임을 하더니
바램이
바람되던 날

군살 다 뺀
만삭의 몸
잉태의
산고 쯤은

사랑은
내 안에
두는 것이 아니라
어디든
자유로운 여정
민들레는
집시다.

봄비

잠이 토막 날까 봐
살금살금 두드렸다.

촉촉한 입김을 불어
언 땅을 토닥토닥
파르르 깃털을 고른다

빈 땅
빈 나무
빈 골목
그곳에 생명을 깨운다

상처 난 사람도 봄비 젖어
후시딘처럼 새살이 돋아

찰랑찰랑 일렁이며
바람, 햇살도 젖는다.

블루베리를 따며

관목의 도장지를 남긴다고?
영 개운치 못하더니 열매 따면서
사랑은 묻는 것이 아님을 알았네

몸과 마음을 다하여 일을 하였는가!

칭얼대는 아이 같아서 반시도
그냥 둘 수가 없는 나무
꽃 털어 내자 열매 솎아내
호박벌 코 박아 수정 한창이네

익었는가 따보면 꼭지가 연보랏빛
애면글면 온 에너지로 따내
분 발라 곱게 단장해 납시게
오월은 보랏빛 선물인가 보네

산다는 것

조류와 포유류 사이
침엽수와 활엽수 사이
포유류와 어류 사이
풀과 나무 사이

박쥐
은행나무
고래
대나무

이분법적 방식으로 나눌 수 없는
자연의 수수께끼
저울 위
우주과학도 때론 추락하고

삶의 갈피마다
일상의 고비마다
항수와 변수처럼
받아들이고
쪼개고 쪼갤 일이다.

수선화(금잔옥대)

날마다 마른 몸을 쓰다듬더니
엄동설한에 시린 손을 호호 불며
푸른 줄기들을 쑥쑥 키웠다
회임을 눈치챌 틈도 없이
하얀 꽃받침으로 금잔옥대를 올렸다

괜히 그대를 보면 술이 고파져
마음이 먼저 취한다
인적 끊긴 토굴 어디쯤 꽃을 벗 삼아
주거니 받거니 참 달큰하게 취하고 싶다

잡다한 지식은 우습고 초라하다
욕망 은근히 뒷걸음질로 사라진다
잔을 받쳐 든 하얀 떨림이 부시다
꽃같이 살라는 것이 아니라
꽃이 되어 보면 그냥 꽃이 된다

오월의 코스모스

너!
가을 아니야?

낮달맞이와 사랑초의
천연요새 진지를
화해전술로 은밀히 잠입

오월 초하루 기일
일제히 꽃망울 톡톡톡
새빨간 거짓말
속절없는 현실이 왜 기쁠까

솔바람 마실 나간 날
코스모스 바늘 꽂으며
기억하는 터에 운명을
숙명이라 속닥속닥

장미만 오월의 여왕이
되란 법 이제 무색
장미 이웃 칼라꽃
심란해 고개 돌려도
아침마다 꽃단장 으뜸이다

제주의 동백꽃

보일 수만 있다면 붉은 겉옷쯤이야
꽁꽁 싸맨 서러움이 꽃으로 피어나
대찬 눈보라에 꿈쩍도 안 하다가
봄바람 난 벚꽃에도 의연하더니

꽃만 꽃으로 피는 줄
사람도 꽃으로 피고 진다는
'툭' '툭' 떨어진 꽃이 참으로
선명하게, 낭자하게, 흐트러짐 없이

'탕' '탕' 무차별 총 난사에
영문 모를 이유로 4월 대지가
통곡하다가 토해 낸 핏자국
아미타내영도를 펼친 꽃세상

2024. 4, 5

화엄사

시대 초월하여 장엄한 각황전 뜰
홍매화 기품 있는 가지 다스리며
염불 소리에 벙그네

법성게 만자를 돌고 돌아
의상 대사님 항시 상주하시는 법당
추녀에서 풍경은 잠시 숨 고르기 하네

화개장터에서 막걸리 한 사발
취기가 산수유꽃이 되었다가
매화로 웃다가
보제루 넘어 발자국 낮추더니
화엄 세계 펼친 홍매 자태에
온 세상이 만발하였네

환갑이 되어서

착함이 복만 못하고
부지런함이 게으름만 못하며
달이 휘영청 밝아도 불만 못하다

지혜롭고 현명한 여우 되기를
어머니 빗댄 말씀에
태생이 여우가 아니라서

박복하니 착함이라도
급한 성질로 부지런함이 편한
기꺼운 수고는 근본이었다

학벌은 아첨꾼처럼
인생을 향해 머리를 조아리다가
남루해진다

한 굽이 돌아 켜켜이 앉은
먼지를 털며
들숨과 날숨의 완성으로
날마다 하루는
나다움으로 사람이고 싶다

화가 이숙희

4

제주어 시

그리움

눈고망 이서사
잡아짐직이 저끄띠왕
너미 지꺼진 보름에
거찌잰 양손 벌리난
노릇만 쎄

무사 이제사
조름에 조차댕기구정만 허곡
소설쏘그베
영화쏘그베
제라진 임제추룩
이녁 소못 소랑허영

눈 떵 보난
상고지 추룩 펀드렁허게
온 추룩도 안 허영
"잘 이십디강?"
매날 안부가 궁금해
이녁이 보구정허민
눈고망 이섬주

미깡꽃 따멍

제우 미깡낭 서늉만 헌
두어 해 빌레왓듸 전디이공으로
섶장구리도 호꼼빼기 어신디
혹꼴락헌 보름에도 얼먹으멍

모드락모드락
엇치냑 고래장비 탓
짓거진 보름에 하간 생각 못 허영
복사꽃추룩 엄부랑이 더펀
거렁청헌 두린애기덜

벵삭벵삭
봄벳듸 눈부시게 곱닥허연
야네덜 농부심사 고랑몰라
호끄만헌 고장꼬지 모지르멍
졸바로 피우게 못헌 죄
이루후제 존 인연으로

민들레

트멍만 이시민 비재기 나왕
놈덜은 곳기 좋댄 하간거엔
숭이 복 되는 날 배리멍
사름도 못 촟는 소한에도

땅바닥에 납잭이 엎드령
제우 목숨만 전디멍
서늠만 허멍 살당
짓노랑헌 고장 맹글잰?
쏩쓰름헌 고름 맹글잰?

하영 고찌 맙서
한한헌 새끼덜 더프잰허난
심쓸 일이 조그마니 이시쿠광
흑속읍디 하간것덜 몬딱 먹엉
숭년에도 지침 혼번 어시
만삭의 몸을 보름에 풀엄수다

山林(산림)살이

고만 이시난 낭이 커네 곳자왈 되신가?
성품 곱닥헌 사름덜이
낭 심어사 십년계책의 으뜸이랜 허멍
모다들엉 작지왓 손바닥 부르트멍 팡
호나심엉 열 낭 맹글민 산림이 다부정
심지 돈우울 때 꼬지 배라벨 정성으로

인연은 모지직허게 졸라불지마랑 풀어사 허듯이
낭도 가지치곡 솎아 내어사 어우러정 코삿해지곡
집이 살림 잘살앙 재산 불리듯
산림살이도 하민할수록 좋은게 좋은 것이 아니라
좋은 것을 귀 곳추는 일이 좋은거주

 꼼지락 꼼지락 잎사귀 틔우는 봄날
살랑살랑 우주 고득 몸 부비는 여름
우수수 이루후제 기신치레 허는 고슬
횡~ 비우는 순리로 채움을 회임하는 저슬

낭은 꿈이주
낭은 철학도 기주
낭은 아맹해도 역사주

살당보난

살암시민 살아진다
허구정헌말 하영이서도 속슴
노미말 도시리지 말곡
들어져도 못 들은추룩 허멍
눈. 귀 막곡 가슴팍도 질끈 매영

우리 어멍 귀가 파지도록 고라신듸

어떵헌날 생겨부러신디 똘년은
가뭄에 콩나듯
모멀팟 낭썹 질메 끌듯
좁씨 삐듯
돗다가 탈타먹듯

질들이는 밭갈쇠 모냥허여도
이녁마다 전디는 모냥 수두룩허난
놈신듸 구진 소리 안 듣곡
노미 엉장 맬르지말민
소뭇 못 살암젠 안헐거 아니꽈 양

설문대 할망

할락산만 헌 설문대 할망이 방귀를 '뿌웅' 뀌난
천지가 와르릉 쾅쾅 대싸전
바당속읍디 용암이 왈칵 솟구천
죽은 것과 산 것을 곱갈란
보름을 맹글언 양
부친짐에 그 보름으로
제주를 맹글어십주
할망 조손덜이
영천 모슬에 하간 영천9경으로 살안
야내덜 고를 말이 한한허영
호꼼 들어보카 마씸

혼 맷년 전이만 허여도 물이 번번허영
속읍을 알 수가 어서신디
세상이 두렁청 해부난
바닥은 뽀짝 몰란 백록담
토평 산15-1번지가 부치럽수다
새끼덜 드리싼 내부난 가르각산
할망 거넘어시 모슬 전디지 못허쿠다

천지가 대싸복닥 허여도 설문대할망
한락산에 누웡 이시민 혼디 어우러정
제주말허멍 잘살아짐직 허우다.

양애끈 허멍

어멍네 우영팟 애염에
돗암저 배러지민
데우청 놀 된장에 푹
바르륵 끓인 된장국에 건지가 양애순
양푼에 질보리밥이 어디간 줄 모르게 어서진다

주넹이
배염이 이심직
경허난 산디 버렝이 굴메도 어선
코찡헌 양애덜 고장피원
종내기가 생강 궨당이엔 골으멍

뱃게도 뱃게도 쉽게
속읍을 드러내지 않은 노물
씹을수록 무사 경 질겨짐광
굴레에 쿰지마랑 솜키라
두린 때 셋가시 일어젬 먹을추룩도 안해신디

배지근헌 솔라니 마랑
우리 어멍추룩헌
쌉싸름허곡
타글타글락헌
맛 촞앙 오몽호다

우영팟 배랭이

나비가 팔랑팔랑
섶장구리 속읍디 호썰도 못 배리게
사바의 인드라망

배랭이가 꿈틀꿈틀
하간 송키덜 나위어시 빼만 앙상허연
고행의 사바세계

고치가 대롱대롱
솔짝헌 고망여피 원초적 본능으로
숨고쁜 좀좀헌 시간을 전디멍
부르르 털멍 놀개 건불령
어멍이 새끼 닮아사 허는디
가슴 금착허게 그추룩 곱닥헌
나비가 고장 이신디로 춤을 춘다

저슬산

여름내 늘작거리던 해
하늬보름에 보질보질 등성을 넘고 이수다
낭은
훨훨 춤을 추듯 옷을 벗어 이불을 꿰맴수다
모슬 나갔던 생명들이 솔부비며 안도의
좀을 청햄신게 마씸
부치러움이 호나도 없는 나목의 거침없는
벗음은 가슴을 울렁이게 하는 베풂이우다

매날매날
시퍼렁헌 생각뿐이다가
소랑이 차올라 넘쳐서
칼보름에서 눈발로
노리꼴랭지만헌 뱃살로
거렁청헌 날엔 눈부심으로
우주의 언어는 초마 우리가 건져 올리지 못헌
우물과 고타 혼시반시 찰랑거렴수다

저슬산에는 해가 살지 않아서
나그네처럼 호썰 댕겨 감수다
빗물이 촉촉 문 두드리더니
맨발로 홀가분허게 산을 넘고 이수다
남고 떠나는 여운은 우리딜 찍샌가 햄수다.

평 론

마음 섶을 여미며, 성찰로 빚어낸 작가의 에스프리

이옥자 작가의 수필과 시 『동행』론

복재희

문학평론가·수필가·시인

1. 프롤로그 - 심미적審美的으로 바라본 작가의 시안詩眼

이옥자 작가는 이제야 멈춰 들을 수 있는 여유가 생겼다면서 「동행」을 상재하는 인사 글에 -나무는 빛이 디자인하고 바람이 다듬는다며 알아차림으로 육십 중간에 섰다고 담담히 밝힌다.

소소한 일상을 귀하게 대접하며 인간과 자연에게 누추하지 않게 늙어가기로 작정한 작가에겐 동고동락同苦同樂할 가족들이 그의 인생에 늘 「동행」하니 행복한 작가란 감별이 된다.

수필가로 시인으로서 제주특별자치도의 자연과 인간애로 빚어낸 「동행」의 작품들은 범상치 않음이 첫인상이다. 또한 제주의 토박한 언어로 빚어낸 시어詩語는 그 향이 어찌나 진한지 감득이 불가한 것은 지역의 거리감이리라.

작가의 예리한 시심과 불심으로 자연을 끌어들인 글발은 상당한 재능을 지녔기에 그의 수필 속에서 만나는 시적표현만으로 독자는 행복한 글 길로 초대받을 것이란 확신이 든다.

2007년 수필로 등단하고 시작詩作에도 상당성을 유지한 글 여정에 문운을 기대하면서 작품들을 만나보자.

2. 수필이란!

수필은 시와 산문을 알 때, 비로소 문장의 맛과 정치精緻함이 조화를 부리게 된다. 모든 글은 조화에서 감동을 잉태하게 되는 이치. 특히 수필은 무엇을 표현할 것인가의 주제에 작가의 시상이 집중된다.

주제는 작가의 사상을 나타내는 창구이면서 삶의 애환이 녹아있는 수원지와 같기에 어떤 표정을 나타내는가에 따라 독자의 감식안은 호오好惡의 표정을 짓게 된다.

수필을 글쓰기의 중심이다. 그 이유로는 산문의 호흡을 이어가면서 긴 소설을 쓰는 발단의 역할을 배울 수도 있고 또 시의 함축과 은유와 기교를 익힐 수 있는 가교架橋의 임무를 수행하는 터득의 기회가 될 수 있기 때문이다.

작가들은 시와 산문을 구별하는 것이 아니라 이를 통합하여 모든 장르의 특성을 이해하고 쓸 수 있는 사람일 때 진정한 작가의 이름을 획득하게 되는 것이다. '이광수'가 전범典範이 되는 작가 중에 한 사람이다. 수필은 단순히 붓 가는 대로 쓰는 것이 아니고 문학의 중심을 장악할 수 있기 때문에 좋은 수필을 쓰는 일은 지난至難한 소임이 될 것이다.

위 모든 소임을 감당한 이옥자 작가의 수필은 운문적인 리듬까지 가미되어 입맛을 당기게 하는 수작秀作들이 대거 포진되어있어 기쁨이 인다.

여러 수작 중에 「책 속을 산책하다」를 만나보자.

나뭇잎을 후드득 때리는 빗줄기 소리 듣는 밤이면 공연히 책을 펼치고 싶어진다. 가을 장맛비 덕분에 책 속 산책이 잦아졌다.

올여름 선풍기 벗 삼아 독서 삼매경에 빠져 볼 야무진 계획을 잡았다. '장자'를 선택했다. 놀멍쉬멍 거닐어도 좋을 책이라 착각했다. 좋은 말, 삼가야 할 말들이 달려들었다. 멀미가 일어나고 압박감이 죄어오는 듯했다. 덮었다. 머리맡에서 먼지만 뿌옇게 쌓여 갔다.

가을 장맛비가 잦아졌다. 어둠의 빛처럼 가슴을 파고든다. 잠을 자기엔 빗소리가 매력적이다. 다시 '장자'를 펼쳤다. 의미가 다르다. 뭔든지 마음이 너그러워 있을 때 해야 한다. 장자를 풀이한 분에게는 가장 신나는 책이며, 당나라 현종에게는 '남화진경'이라는 칭호를 받기도 했다. 세계에서 가장 심오하고 재미있는 책이라 극찬한 중국 고전 번역가 '웨일리'도 거들었다. 산책길에서 꽃과 나비를 만나듯이 영롱한 마음으로 책 속을 거닐었다. 아득한 옛날부터 중도를 삶의 기준으로 잡아야 흔들림이 없다. 도를 이루려면 지금 가지고 있는 편견이나 단견 같은 이분법적이고 일방적인 의식으로 얻는 지식은 하나하나 버려야 한다. 학문의 길은 하루하루 쌓아 가는 것이라 하면 도의 길은 하루하루 없애 가는 것이라 한다. 늘 허둥대고 쫓기듯 사는 내가 장자를 산책하고 도를 넘는 것이 쓸데없는 일이니 무엇을 버려서 무엇을 얻어야 할지 알게 될까?

쓸모없음의 '쓸모'는 큰 나무가 구불구불하면 재목으로 쓸 수 없지만 그 때문에 도끼에 찍히지 않아서, 그림자를 드리워 사람들을 그 밑에서 쉬게 하니 얼마나 요긴한지 모른다. 당장 쓸모가 없어 보이는 것이 쓸모 있게 해 준다. 참 저절로 고개가 끄덕여지는 말씀이 아닌가 싶다. 수레바퀴 자국에 '붕어' 이야기도 혼자 기쁘게 웃었다.

장자는 마실 나가듯 가벼운 마음으로 이슬비처럼 젖어진 책이라면 레이첼 카슨의 '침묵의 봄'은 숙명 같은 만남이었다. 섬세하고 문학적이며 날카롭기도 한 환경 운동가? DDT에 관한 엄청난 자연 파괴와 생명의 무너짐은 한순간이었다. 어릴 적에 그 가루로 머릿니를 전멸시켰던 기억이 난다. 살아 있는 생물에게 고통을 주는 행위를 묵인하는 우리가 과연 인간으로서 자유를 주장할 수 있을까? 숲길에서, 책 속에서 야생의 자연 생태계가 지닌 심미적 가치는 산기슭에 묻힌 구리나 금광맥 또는 우거진 숲처럼 우리가 물려받아 보호해야 할 유산이다. 자연을 너무나 사랑한 사람. 자연을 통제하면 부메랑이 되어서 온다. 모든 생물과 공유하는 것이 인간이 살길이다. 내성으로 말미암아 점점 더 센 화학 제품을 사용하니 생태계가 교란되고 돌연변이가 생겨나 더 큰 재앙이 발생한다는 사실을 100여 년 전에 레이첼 카슨은 염려하고 있었다. 덕분에 우리는 자연과 더불어 살기 위하여 어떻게 지구를 지킬 것인가 여러 나라가 제안하며 실행에 옮기고 있다. 제초제를 일 년에 두 번 뿌리던 것을 한 번으로 줄여 예초로 잡초를 잠재울 것이다. 살충제도 남아서 버리는 일이 없도록 정확한 양을 조절해 살포할 결심이다.

'찬투' 태풍이 가을장마를 데려가고 구름 서너 점 흐르는 높고 맑은 하늘을 보고 싶다. 붉은 노을은 푸른 바다를 꿰뚫어 선한 사람들을 시인으로 모시리라. 자연을 산책하고 책 속을 거닐면 건강한 중년이 아름답다.

-「책 속을 산책하다」 전문

위 수필은, 가을 장맛비 속에서 독서 삼매경 요량으로 선택한 책이 전국시대 장주莊周가 지은 '장자莊子'가 그 주제이다.

장자莊子는 남화진경南華眞經 또는 장자남화경莊子南華經이라고도 하고, 장주莊周에게는 남화진인南華眞人이라고 했는데 여기서 남화南華는 장주莊周의 고향인 이유이다. 정통 본으로는 내편 7권, 외편 15권, 잡편 11권으로 총 33권 중에 우리가 만나는 장자莊子는 인위적인 힘을 가하지 않은 자연스러운 행위를 설파한 -무위자연無爲自然사상으로 축약된 단권이 대부분이다.

작가는 철학서 장자가 가르치는 -욕심과 집착을 버리고 자연과 조화롭게 살아가는 챙김으로 인간의 얕은 인식과 지식의 한계를 발견하며 진정한 지혜를 얻기 위한 비움을 터득했기에 그의 수필은 거개 수필가들의 이미지와는 차별성을 지니게 됨을 발견하게 된다. 이는 세상을 바라보는 새로운 시각을 지녔기에 앞으로 주목해야할 작가임이 명징함에 이른다.

3. 글의 맛 인간의 맛

고향은 어머니의 정서가 응집된 정서요, 땅의 의미이면서 생명의 원천이 들어있는 상징이기 때문에 친근미와 더불어 돌아가 편히 쉬고 싶은 이미지로 작용한다. 고향 이타카로 돌아가기 위해 온갖 시련을 감내하는 '일리아드'의 모험은 비단 고향만의 의미에 국한되는 것은 아니었다. 거기엔 편안과 안정의 의미가 있다고 믿는 신념의 줄기가 있는 곳이기에 시련을 이기고 승리의 깃발을 올리는 계기를 만들게 된다. 때문에 고향은 모든 사람에게 삶의 원천이면서 지켜야할 곳으로 귀결된다.

모든 시나 소설 수필이 고향을 향하는 노래라는 점에서 고향의 이미지는 포근하고 구석구석 추억이 오롯이 넘치는 장소로 스며드는 것이다.

더욱이 작가의 고향 제주에는 천혜향을 가꾸시는 믿음직한 남편과 구순이신 노모老母와 살가운 자매들 그리고 자상한 제부弟夫까지, 그야말로 동행하는 따뜻한 가슴들이 있기에 그가 빚은 글 속엔 생기 넘치는 현실감이 독자들에게 천혜향만큼 상큼함으로 전달되는 특징을 지니고 있음을 발견한다. 이는 아름다운 제주의 경관도 한 몫을 하겠지만 감수성 여린 작가에게는 동행하는 인연들이 주는 에너지가 글의 원천이라 해도 과언이 아닐 듯하다. 단지 새벽별이 되신 아버지가 작가에겐 생인손처럼 아린 부분으로 다가오는데 그의 작품 시詩에서 「아버지」를 만나보자.

개나리, 진달래꽃이 피면 꽃이 되어 오십니다
으름 열매, 다래 방울, 말똥버섯으로 피기도 합니다
꿈속엔 참외, 수박밭 원두막으로 오십니다
촐밭의 야생화로 오실 때는 서럽습니다

당신이 소 울음일 때가 제일 멋지십니다
금승이, 다간쇠, 사릅, 부룽이, 밭갈쇠
당신 모습 같아 자꾸 눈물이 납니다.

소주 한잔 하실래요
라면 끓여 드릴까요
따끈한 찐빵 언제든지 사 드릴 수 있어요
둘째 딸 이제 다 할 수 있는데요.

새벽 별 보며 일터로 가신 당신은 새벽 별이 되었습니다
파아랗게 파아랗게 반짝이는 것은
당신이 멍이 들도록 우리를 지켜보고 있기 때문이지요.

당신이 떠난 나이에 서 보니
세월은 무게로 흔적을 두는 것이 아니라
끈끈한 농도임을 알았습니다
언제면 그리움이 물처럼 흘러갈 수 있을까요?
어머니에게 갚아야 할 빚인데 이자만 불어납니다

아버지!

-「아버지」 전문

시詩는 인생을 담고 있어 생의 줄기 -현재와 미래 그리고 과거의 모습을 유추하는 그릇이다. 이런 이유로 시에는 개인사의 문제로부터 역사적인 인간의 체취 혹은 자연의 모든 물상의 표정까지 감지하고 감득하는 체온을 지니고 있다. 한 편의 시에서 이런 이치를 분석할 수 있다면 이옥자 작가의 시는 다양한 정서의 숲이 우거졌고 향기를 발산하는 이미지의 줄기가 오염되지 않은 고향의 식물에 접목되어 한 행마다 각기 다른 향기가 발한다. 이는 선친에 대한 그리움이 감수성을 빌어 경건하기까지 한 시적 수로를 형성하고 있기에 그 흐름이 유장하다.

"개나리, 진달래꽃이 피면 꽃이 되어 오십니다 / 으름 열매, 다래 방울, 말똥버섯으로 피기도 합니다 / 꿈속엔 참외, 수박밭 원두막으로 오십니다 / 촐밭의 야생화로 오실 때는 서럽습니다 / 당신이 소 울음일 때가 제일 멋지십니다 / 금승이, 다간쇠, 사릅, 부릉이, 밭갈쇠 /당신 모습 같아 자꾸 눈물이 납니다." 이렇듯 작가는 선친을 자연의 꽃과 식물에 투영시키는 시적 상당성으로 진한 그리움을 펼치는 재능을 보여준다. 가족을 위해 등이 휘도록 고생하신 아버지는 독자의 상상에 맡겨두는 개성미도 돋보인다. 당신이 소울음일 때가 제일 멋지다고 표현한 작가의 표현은 일품이다.

"소주 한잔 하실래요 / 라면 끓여 드릴까요 / 따끈한 찐빵 언제든지 사 드릴 수 있어요 / 둘째 딸 이제 다 할 수 있는데요."
이제는 따끈한 찐빵을 '언제든지' 사 드릴 수 있다는 표현과 둘째 딸 '이제 다 할 수 있는데요'라는 표현은 선친이 떠난 나이에 선 작가의 눈물겨운 독백이다. 시詩는 시인의 손을 떠나면 독자의 수준에 의해 명시로 탈바꿈하거나 잊히는 두 갈래 길에 선다. 여느 시인들이 표현한 '아버지'는 크고 무서운 호랑이라면 이 작가의 아버지는 소주 한 병과 따끈한 찐빵이 있으면 그윽한 미소로 시름을 달랠 소박한 성정이 엿보이는 작품이다. 작가의 독백형식을 띤 특징을 보이는 서정시의 면모가 우뚝한 작품이다.

　단, 마지막 한행 "아버지!"가 시적 정치망에 걸린다. 그 이유는, 시인은 기쁨이나 슬픔, 모든 감정을 극도로 자제하여 독자 스스로 감득하여 흠씬 울 수도 웃을 수도 있는 시적기교를 요구하는 장르라 밝히며 선친의 지혜를 엿 볼 수 있는 「어느 날 문득」 수필 일부를 소개하고 이동한다.

"나이를 먹을수록 옛 어른들 말씀 하나도 틀림없어 어른이 잘되어야 겠다는 마음을 다진다. 지금처럼 인공위성을 띄워 세계 속 날씨를 시시각각 맞추는 것이 아니었다. 달과 해를 보고 점치기도 했고, 동식물을 보고 예측했는데도 잘 맞았다. 아버지는 꽃을 보고 말씀하셨는데 정말 신기했다. 치자꽃과 수국이 봉오리를 맺히면 장마 대비를 하셨다. 지금은 환경 감염병이 생겨 자연 개발, 생태계 파괴로 야생 동물 서식처의 변화와 접촉 증가, 지구 온난화로 모기, 진드기 등 질병 매개체의 증가, 빈곤층의 열악한 위생 상태, 환경 오염으로 말미암은 인간의 면역 기능 악화, 토양과 물의 오염 등 다양한 이유가 생태를 교란하고 있다.

– 생략 –

아버지가 가락지 낀 말똥버섯을 참기름에 살짝 익혀 소금만으로 기가 막힌 맛을 주셨던 그 손길이 그립다. 다시 돌아갈 수가 없어서, 아버지가 안 계셔서 더 애절하다."

- 「어느 날 문득」 일부

4. 이웃에 치유이고 싶은 작가

깨달음은 보이지 않기 때문에 신앙의 대상이 될 수 있고, 희, 노, 애, 락, 애, 오, 욕으로 점철된 자아는 자비한 석존불의 모습에서 변화를 찾아가며 이웃과 그늘진 곳에 사랑과 헌신의 이념을 조건 없이 투척하게 한다. 절대의 믿음에는 두려움과 신념이 공고화되는데 이것이 믿음의 장점이기도 단점이기도 한다. 왜냐하면 자기만의 눈이 없고 오로지 종교적 시각으로 세상을 보는 일은 맹목의 함정에 빠질 수도 있는 단점이 되기 때문이다.

설법은 한 소쿠리 들었으나 신자信者가 되지 못한 단계에서는 불신자와 거반 다를 것이 없는 -설익은 신심은 상대를 시험에 들게 하는 경우가 다반사茶飯事이다. 이럴 때 상처를 입는 쪽은 오히려 매 상황에 최선을 다하려 진아眞我라고 하는 불성佛性을 의지하고 인내하는 입장인 경우가 허다하다.

종교는 세상을 정화하고 자신도 정화되어 한치 앞도 모르는 불안한 미래를 희망으로 채운다는 점에서 인간에게 유용한 가치를 안겨 준다. 더욱이 글을 운명으로 안고 사는 작가들에게 종교는, 신에게 예를 갖추는 경건한 모습에서 마치 한편의 탈고를 위한 애면글면하는 모양새와 다름이 없음이다. 이옥자 작가의 이타적인 삶의 태도나 선한 방향으로의 마음 챙김 역시 포교사로 활동하는 불성이지 싶다.

한 폭의 수채화로 빚어낸 수필「가을여자이고 싶다」에서 작가를 만나보자.

10월 하늘이 예뻐서 자꾸 올려다본다. 아마 하늘을 닮고 싶은 욕심이 그렇게 나를 채근하는가 보다. 여름은 헉헉대느라 생각이나 행동이 진중하지 못하다. 늘 제풀에 지쳐 나동그라지고 만다. 가을볕에 해바라기가 고개를 처들다 지쳐 잠들자 이웃한 코스모스가 바람에 살랑이며 놀자고 간지럼을 태운다.

- 생략 -

유독 가을은 왠지 총명해진다. 가을 햇살이 더 독하여 고추도 매워지고 과육의 맛도 깊어진다. 그 독한 햇살을 받으며 조곤조곤 말을 건네는 들꽃이 풍성한 들길을 휴일엔 혼자 걷고 싶다. 가을 나무를 보면 해탈을 하고 수행을 떠나는 부처님 보는 것 같다. 비우고 채우는 일, 나를 제대로 바라볼 수 있는 자존감이 그나마 상승세를 타는 때가 가을이다. 사방이 진리이다. 따지고 보면 세상은 진리의 말씀이 없어서 어두운 적은 한 번도 없었다. 스스로 옭아매 힘들다 하고 웃음을 인색하게 하며 살아가고 있다.

- 생략 -

올봄, 내가 다니는 절 스님과 합창단원들로부터 상처를 받았다. 나무에 오르라고 모두 받쳐주다가 겨우 올랐는데 흔들어 버리면 버티지 못하고 곤두박질한다. 필요한 때에 쓰다가 쓸모가 없으면 언제 필요했느냐 싶게 버려진 기분이 들었다. 스스로 연민이 지나친 것인지 상처가 아물 때까지 약은 안 바르고 싸매고만 있고 싶었다. 감정은 얼마 후 사라질 물거품 같아 움켜쥐지 않고 흘러가게만 놓으면 필요 없는 에너지는 소진되지 않는다는 것을 이 가을에 알고 몇 달 만에 절 문턱을 넘어 부처님 앞에 예를 올렸다. 부처님은 여전히 그 자리인데 혼자 끙끙 앓은 것이다.

눈빛과 낯빛에 감동을 담아 가을이고 싶다. 성질이 급하여 담담하지 못한 화를 다스려 차분하게 만들고 싶다. 멋지고 당당하고 아름다운 사람이 되려면 자연과 닮은 가을 여자가 되는 것이 남은 과제이다. 시월의 가을이 익어간다.

가을은 나를 고요함으로 이끌어 간다. 자연이 주는 선물이다. 나의 맑음이 두루 퍼져 나로 말미암아 이웃에게 상처가 아닌 치유를 주고 싶다.

무엇이 세상에서 이렇게 눈부실까? 가을이 주는 결실이다. 뿌린 대로 거두는 당연한 진리 앞에 마음의 섶을 여미는 내가 익어가는 가을이다.

– 「가을여자이고 싶다」 전문

시월 하늘이 예뻐서 자꾸 올려다본다는 고운 시어로 수필을 여는 작가는 가을은 에고ego의 창고가 비어지고 자신이 넓어지며 세상은 눈

부서진다는 예찬을 하면서 육십 중반임에도 어수룩하고 철이 없다는 성찰에 다가서면서 가을을 만끽하는 이미지로 잔잔한 호수에 윤슬처럼 빛나는 작품을 탄생시켰다.

파스칼은 '인간을 죽이기 위해서는 한 방울의 물 혹은 한 줄기의 연기로도 가능하다' 했다. 그러나 생각하는 갈대라는 말은 인간의 위대성 -괴테의 파우스트는 악마 메피스토펠레스의 끝없는 유혹에 넘어갈 듯 넘어갈 듯 결국 넘어가지 않는 승리의 기회는 바로 성찰에 입각한 지혜에 있었음이리라.

사람이 모인 조직에서는 불합리한 인성이 어디나 있어서 한없이 여린 심성은 다치기 십상이지만 성찰의 힘에 의해 거대한 승리자가 될수 있는 결과는 반야般若의 결과물이리라.

"감정은 얼마 후 사라질 물거품 같아 움켜쥐지 않고 흘러가게만 놓으면 필요 없는 에너지는 소진되지 않는다는 것을 이 가을에 알고 몇 달 만에 절 문턱을 넘어 부처님 앞에 예를 올렸다. 부처님은 여전히 그 자리인데 혼자 끙끙 앓은 것이다. 눈빛과 낯빛에 감동을 담아 가을이고 싶다."며 완숙한 정신세계를 지닌 이옥자작가의 글 길에 분명 문운이 환하리란 확신이 든다.

"나의 맑음이 두루 퍼져 나로 말미암아 이웃에게 상처가 아닌 치유를 주고 싶다. 무엇이 세상에서 이렇게 눈부실까? 가을이 주는 결실이다. 뿌린 대로 거두는 당연한 진리 앞에 마음의 섶을 여미는 내가 익어가는 가을이다."라고 밝힌 작가의 마음결에 부처님의 가피가 늘 동행하리라 믿는다.

5. 제주어로 제주도의 문화를 알리는 작가

이옥자 작가는 서귀포시의 지속가능발전협의회 강사이기도 하지만 서귀포시의 지속가능발전협의회 부위원장이기도하다. 그래서일까 제주도의 독특한 문화와 언어적 유산을 보존하고 계승하려는 철학이 글에 축을 이루고 있음이 명징하다.

거개, 제주어로 시를 창조하는 작가라서 독자로 하여금 제주도의 언어적 다양성과 문화적 다양성을 존중하게하고 이를 통해 포용까지도 촉진하는 친근미로 작용되리라 본다. 따라서 독자들은 제주어를 사용하는 작가를 존중하고 그들의 작품을 다 이해하진 못해도 어렴풋이나마 이해하려는 태도를 지니는 것이 독자의 몫이라 생각한다.

제주도에 대한 이해와 사랑을 높일 수 있는 기회를 제공한 이옥자 작가에게 엄지 척으로 화답하고 싶음도 이런 이유에서이다.

제주어로 탄생시킨 그의 시 두 편 「그리움」·「민들레」를 감득하려 노력해 보자.

눈고망 이서사
잡아짐직이 저끄띠왕
너미 지꺼진 보름에
거찌잰 양손 벌리난
노릇만 쎄

무사 이제사
조름에 조차댕기구정만 허곡
소설쏘그베
영화쏘그베
제라진 임제추룩
이넉 소뭇 소랑허영

눈 떵 보난
상고지 추룩 펀드렁허게
온 추룩도 안 허영
"잘 이십디강?"
매날 안부가 궁금해
이넉이 보구정허민
눈고망 이섬주

        –「그리움」전문

트멍만 이시민 비재기 나왕
놈덜은 곳기 좋댄 하간거엔
승이 복 되는 날 배리멍
사름도 못 촛는 소한에도

땅바닥에 납죽이 엎드령
제우 목숨만 전디멍
서늉만 허멍 살당
짓노랑헌 고장 맹글잰?
씁쓰름헌 고름 맹글잰?

하영 고찌 맙서
한한헌 새끼덜 더프잰허난
심쓸 일이 조그마니 이시쿠광
흑속읍디 하간것덜 몬딱 먹엉
숭년에도 지침 혼번 어시
만삭의 몸을 보름에 풀엄수다

- 「민들레」전문

   제주어濟州語는 크게는 두 가지로 분류할 수 있는데, 현대에 제주도 사람들의 입말로 흔히 사용되는 표준어와 가깝게 동화되고 현지화 되어 특징적인 억양과 어투가 일부에서만 남아있는 제주 방언과, 말 그대로 육지 사람은 알아듣기도 힘든 아주 옛 원형을 보존한 제주어가 있다.

   제주 방언의 유래는 11세기 이후 어느 시점에 고려에서 들어온 후기 고대 한국어 또는 초기 중세 한국어로 추정된다는 학설이다. 제주어는 한국어족과 상당히 많은 기본 어휘와 문법을 공유함으로 이는 제주어가 분명 한국어와 같은 뿌리를 공유하고 있음을 시사한다하겠다.

2007년 제주특별자치도는 도 차원에서 「제주어 보전 및 육성조례」를 제정하면서 공식적으로 '제주어'명칭을 사용하기 시작했으며 「제주어 표기법」을 제정하여 제도화·규범화에 노력하고 있다는 점이다.

제주를 지극히 사랑하는 작가의 애향심으로 빚어진 거개의 시들이 제주어로 표현되어 필자도 어렴풋이 다가오는 이미지포착 외에는 깊이 있는 시론은 난감에 봉착이다.

「그리움」은 -소설 속에, 영화 속에도 따라오는 그리움을 표현한 듯하고, 「민들레」는 -좁은 틈만 있으면 비집고 나오는(트멍만 이시민 비재기 나왕) 생명력을 시적 종자로 삼은 작품으로 사람도 못 참는 소한 추위에는(사름도 못 촛는 소한에도) 겨우 목숨만 지키는 시늉으로 견디다가(제우 목숨만 전디멍 서늉만 허멍 살당) 진노랑 꽃을 만들고, 씁쌀한 하얀 액을 만들어 (짓노랑헌 고장 맹글잰? 씁쓰름헌 고름 맹글잰?) 흉년에도 지치지 않고 수많은 씨앗을 바람에 날리는 (숭년에도 지침 혼번 어시 만삭의 몸을 보름에 풀엄수다) 민들레의 일생이 질박한 제주어로 표현된 수작秀作이라서 삽상하기 그지없으나 관광이나 몇 번 다녀온 필자의 입장에선 숨겨진 시적 메타포를 다 찾아내지 못함이 한계라 밝힌다.

제주어 사전이 나왔다는 정보를 입수했으니 이쯤해서 필자도 구입해 둘 일이다.

6. 에필로그 - 이옥자 작가의 글 향

　수필은 인생의 원숙한 경험과 글에 대한 열정이 정리될 때, 그가 쓰는 글이 비로소 눈을 뜨게 된다면 이옥자 작가의 수필에는 주의 깊은 관찰력에 섬세한 심성까지 스며있어 따스함을 느끼게 되고 또한 질박한 제주어로 표현된 언술은 낯설지만 신선미를 유발하는 인상으로 각인된다. 아울러 수필에 시적인 함량이 가미되어 삽상颯爽한 정서가 바람을 타게 하며 언어의 리듬감은 시심을 자극하기에 충분하다.

　작가의 애향심은 자연을 눈으로 가슴으로 담아 전달하는 표현미로 미루어 천생 작가일 수밖에 없는 재능으로 흐벅지다.

　지혜로 세상을 바라보는 인간적인 성정과, 작가의 깊고 명상적인 음성은 꾸밈없는 교훈이 되어 상대를 위무慰撫하려 문을 두드리는, 한마디로 이옥자의 글 향기는 상큼하면서도 깊은 천혜향을 닮아있다.